克拉丽丝·李斯佩克朵作品

PERTO DO CORAÇÃO SELVAGEM
濒临狂野的心

Clarice Lispector

〔巴西〕克拉丽丝·李斯佩克朵 著

孙山 译

人民文学出版社
PEOPLE'S LITERATURE PUBLISHING HOUSE

著作权合同登记号　图字 01-2021-1869

Clarice Lispector
Perto do Coração Selvagem

Copyright © CLARICE LISPECTOR 1944, AND HERIRS OF CLARICE LISPECTOR
Simplified Chinese edition copyright © Shanghai 99 Readers Culture Co. Ltd
All rights reserved.

图书在版编目(CIP)数据

濒临狂野的心/(巴西)克拉丽丝·李斯佩克朵著；孙山译.—北京：人民文学出版社，2022(2025.1 重印)
ISBN 978-7-02-015243-8

Ⅰ.①濒… Ⅱ.①克… ②孙… Ⅲ.①长篇小说-巴西-现代　Ⅳ.①I777.45

中国版本图书馆 CIP 数据核字(2021)第 242540 号

责任编辑　朱卫净　欧雪勤
封面设计　钱　珺

出版发行　人民文学出版社
社　　址　北京市朝内大街 166 号
邮政编码　100705

印　　制　杭州钱江彩色印务有限公司
经　　销　全国新华书店等

开　　本　889 毫米×1194 毫米　1/32
印　　张　7.125
字　　数　123 千字
版　　次　2022 年 6 月北京第 1 版
印　　次　2025 年 1 月第 2 次印刷

书　　号　978-7-02-015243-8
定　　价　49.00 元

如有印装质量问题，请与本社图书销售中心调换。电话：010-65233595

目录

001 | 导读：如何礼赞不幸福？（闵雪飞）

第一部

003 | 父亲
010 | 约安娜的一天
018 | 一天
025 | 约安娜的散步
029 | 婶婶
037 | 约安娜的快乐
044 | 浴室
072 | 有声音的女人与约安娜
079 | 奥塔维奥

第二部

107 | 婚姻
115 | 老师的庇护

120	小家庭
135	和奥塔维奥的相遇
143	莉迪娅
164	男人
170	男人的庇护
183	毒蛇
197	男人的离开
206	旅行

导读：如何礼赞不幸福？

闵雪飞

《濒临狂野的心》出版于一九四四年，克拉丽丝·李斯佩克朵当时仅有二十三岁。这是一部让巴西读者瞠目结舌的作品。中国读者也会面临巨大的阅读挑战，尽管很多人因为《星辰时刻》而喜欢克拉丽丝，表示能够接受其写作方式。这部小说的出版给沉寂已久的巴西文学评论界投下了一枚炸弹。面对无法用任何传统与流派界定的小说，面对全然向内的个人化书写，面对天赋喷涌的早熟作家，评论界错愕之余不禁众说纷纭，评论趋于两极化：巴西最重要的文学评论家安东尼奥·甘迪特当时年仅二十五岁，刚刚崭露头角，他立即发现了克拉丽丝的独特气质，在《在克拉丽丝·李斯佩克朵的光芒中》一文中，给予克拉丽丝极高评价，称赞《濒临狂野的心》是一部"杰出的作品"，一种"高贵的实现"，指出作家致力于在小说中建立一种新的节奏，她的语言获得了"情节所具有的戏剧特征"，将

"语言的领域拓展到更复杂更不可表达的地域"。评论家塞尔吉奥·米里埃同样盛赞克拉丽丝·李斯佩克朵，认为《濒临狂野的心》是"最为严肃的内省小说的尝试"。

然而，并不是所有人都喜欢这种风格。当时的评论界巨擘阿尔瓦罗·林斯隐晦地否认了克拉丽丝的独特性，认为李斯佩克朵的风格尽管在巴西是非常新颖的，但在世界的范围内并非如此。他认为《濒临狂野的心》模仿了弗吉尼亚·伍尔夫和詹姆斯·乔伊斯，而且小说戛然而止，结构上并不完整，没有达到文学创作的全部目的。林斯承认克拉丽丝·李斯佩克朵具有"超乎其年龄的智慧"，但认为她不具有"小说家所必需的时间与训练带来的经验"。此外，林斯还批评了克拉丽丝·李斯佩克朵的写作技巧，尤其是将空间与时间并置的方式，认为这样弱化了情节。然而，林斯所批评的技巧正是后来的研究者最为赞赏的。在这篇近似"影响批评"的文章中，林斯将克拉丽丝·李斯佩克朵的书写置于"女性文学"的分类中，他认为正是"女性的性情"这一点使得克拉丽丝·李斯佩克朵"尽管在书的铭文中引用了乔伊斯，但更接近伍尔夫"。然而，他接下来的话意味深长："抒情与自恋是女性文学最显著的特征，这一点尤其体现在克拉丽丝·李斯佩克朵的写作中。"作为当时最为重要的文学评论家，林斯敏感地意识到克拉丽丝写作中的女性特质,但从其态度中不难看出轻慢与蔑视,这与二十世纪七十年代女性主义兴起之后对克拉丽丝·李斯佩克朵的书写批评形成了鲜明的对比。

年轻而脆弱的克拉丽丝很难承受这种批评,在给姐姐的信中表达出不满:"批评让我感觉不好。阿尔瓦罗·林斯的批评让我震惊,某种程度上而言,这倒是好事。我给他写信,告诉他,在写这本书时,我没有读过乔伊斯和弗吉尼亚·伍尔夫,也没有读过普鲁斯特,因为那个人就差没把我称为这些作家的'商业化代表'了。"克拉丽丝应该是一个倔强的人。多年之后,在生命的最后时刻,在《星辰时刻》中,她故意写了一个有"开端、中段和大结局"的故事,隐晦而戏谑地回应了"结构上并不完整"的批评。

在克拉丽丝·李斯佩克朵的写作取得了经典地位的今天,回顾她的文学首作所引起的众声喧哗,是一件很有意思的事。面对同一部作品,何以评论界会有如此大的分歧?奥尔佳·德·萨汇总了种种早期研究,得出结论:阿尔瓦罗·林斯的批评是因为他看到了克拉丽丝·李斯佩克朵的新颖,但是他无法去为这种新颖提供解释,更无法为她在巴西文学中寻找到一个准确的位置。而安东尼奥·甘迪特敏锐地发现了克拉丽丝·李斯佩克朵的独特语言与风格产生的原因:使葡语在思考这个层面获得延伸与增长。这同样是塞尔吉奥·米里埃的观点："一种丰满有力的个人语言,形容词化确定而锐利,恰如其分地围裹住思想,支撑着思想的新颖与坚实。"

作为克拉丽丝的译者、研究者与本书的校译者,对此,我想提出一种个人化的思考,基于观察而非考据,基于人以群分而非克拉丽丝在世界中的位置,基于克拉丽丝遨游其中的神秘主义:喜欢克拉丽丝的人是接受了生命中的非理性的那一面的人,并非事事需要解释,并非事事可以解释,不是通过理解而理解世界,而是通过感受。不接受克拉丽丝的人大多理性而哲学,喜欢整饬、条理,追求逻辑与有头有尾,不能接受混乱可能也是一种本质,不能接受被突如而来的思绪洪流裹挟,一如林斯与本书男主人公奥塔维奥。

《濒临狂野的心》的女主人公约安娜,应该会被理性的读者看作一个莫名其妙的"作女",她到底在干什么?她到底想要什么?这是非常好的问题,因为约安娜或克拉丽丝一生都在追寻答案。从约安娜到玛卡贝娅,克拉丽丝的女孩们走过漫长的成长史。《濒临狂野的心》是克拉丽丝的原点写作,并非仅仅因为它是作家的第一部作品,而且因为可以在其中找到作家终其一生通过全部作品而不断重复、强调与深化的所有主题:成长、孤独、幸福、自我之识、自我表达之艰难。

这是一部女性成长小说，是约安娜艰难地追寻自我意识的过程，不仅作为女性，而且作为作家，她在力图创造。在她还没有真正的自我意识之前，她就本能地表现了对于婶婶、阿曼达和莉迪娅所代表的"好女人"的疏离，强烈的本质冲动让她无法认同世俗眼中的"善"。这种本质在书中用"恶"来表达，但这并非道德范畴的"恶"，而是存在范畴的。"恶"使人得自由，令人认知本真。好女人如阿曼达和莉迪娅，胆敢僭越约定俗成吗？如果她们生来就接受了被限定的路途，从来没有过反思，也绝对不敢反思，从来没有一次让真实的欲望实现，甚至从来不知什么是真实的欲望，那么她们又如何证明自己是真实存在的呢？通过偷书的"恶"，约安娜在婶婶惊骇的眼神中化为"小恶魔"，从而与被父亲称为"魔鬼"的母亲埃尔萨成为同类：结实、坚硬、有力量。通过"作恶"的代价，约安娜获得了真正属于自己的身份与表达："约安娜想：我确信我是为恶而生的。"

如果约安娜象征着危险的自由，那么莉迪娅则象征着呆滞的安全。一个被父权机制深深内化，另一个的使命是逃离这种机制。因此，不难理解奥塔维奥的选择。他被约安娜的"粗鲁"所吸引，如同约安娜的父亲被"舌头粗糙得像一块破布"的埃尔萨所吸引，迅速抛弃了以被动等待为特征的表妹莉迪娅。但约安娜光照一般的力量又让他觉得不安全,所以回到了"好女人"莉迪娅的身边,享受"大胸"带来的厚实、舒适与安全。这场婚姻并非是红玫瑰与白玫瑰般的情爱故事,而是对传统"幸福"概念的解构,具体化了孩提时约安娜和女教师之间关于"幸福"的对话:"幸福之后会发生什么?"在这场婚姻中,约安娜未尝不感到幸福,然而婚姻之幸福所内含的压抑与禁锢令她无法承受,表达能力迅速退化,甚至连奥塔维奥出于通奸目的的外出都让她感到放松。莉迪娅的怀孕让两类女性角色的冲突抵达了高潮,为了给孩子一个家庭,莉迪娅找约安娜谈话。这场谈话并非是狗血的"修罗场",而是以一种不同寻常的方式展开。"一切动物都可以有子女",这是约安娜的表态。"你为什么不去找一份工作来养大这个孩子?"这是约安娜无法被莉迪娅理解的"作恶"。怀孕一向是女性母性的至高证明,是女人"幸福"的终极体现。西蒙·波伏娃反对这种既定概念,她认为女性的生育与抚养幼儿这种内在性使得她无法实现超越性,并因此在社会之中沦为他者、附庸、第二性。可以认为,对于所谓"母职",克拉丽丝即便没有全盘否定,至少也是部分拒绝。在她的作品中,频频出现违反生育天职的女性,比如约安娜,比如将从未有过子女当作冒犯的劳拉,比如卵巢已经萎缩的玛卡贝娅,还有世界上最小的女人"小花",异常小的身躯还能孕育更小的生命，让人心中泛起无限异样。

"你为什么不去找一份工作来养大这个孩子？"与外交官丈夫离婚后，旅居国外十六年的克拉丽丝·李斯佩克朵返回里约热内卢，卖文为生，独立抚养两个孩子。若干年后，外交官前夫给她写了一封信："我写信给你，希望求得你的谅解。（……）也许我应该写给约安娜，而不是克拉丽丝。对不起，约安娜，我没有给你支持与理解，你的确有权利期待我这样做。在结婚之前，你曾对我说过你不适合结婚。我不该把这当成耳光，而是应该把它理解为你在乞求帮助。在这件事和其他很多事上，我都没有帮到你。然而，我从直觉上从来没有不相信克拉丽丝、约安娜和莉迪娅在你身上共存。我排斥约安娜，没有向她伸出援手，因为她的世界让我不安。（……）然而，莉迪娅是克拉丽丝的另一个侧面，她'对于欢愉绝不害怕，毫无内疚地接受了它'。原谅我，亲爱的，因为我竟然没有劝服约安娜，她和莉迪娅其实是克拉丽丝身上的同一个人……"

前夫的这封信透露出青年克拉丽丝的真实生活：作为莉迪娅的那一部分驱使她进入婚姻，生儿育女；作为约安娜的那一部分令她最终选择离开，觉醒地找寻自己并勇敢地踏上一条未知之路。《濒临狂野的心》发表于克拉丽丝结婚之前，因此，有时，作家不仅会以自己为蓝本塑造人物形象，而且可能以创作为蓝本塑造自己的生活。然而，这封信同样揭示了两个人的分手不可避免，一如奥塔维奥与约安娜，因为他竟想"劝服"约安娜，甚至以为可以施以援手。约安娜不可劝服，克拉丽丝不可劝服，她们并不需要男性自负的"帮助"，因为她们想成为拥有声音的女人。《濒临狂野的心》不仅仅是女性成长小说，而且是"艺术家成长小说"，因为约安娜追寻的不仅是自我意识，还有自我表达。无论是在父亲的打字机旁还是在奥塔维奥的书房，约安娜的自我表达都被深深压制，无法形成创造，这让她沮丧不已。唯有僭越可以突破。她发生了一次社会规范所不允许的行为：通奸。或者说，都是通奸，社会规范可能会允许奥塔维奥与莉迪娅之间的通奸，因为指向家庭，生儿育女，而约安娜与那个名字不重要的男人之间的通奸毫无任何意义与目标，甚至违背了一般的通奸法则，这是僭越之僭越。约安娜因此发出了自己的独特声音：Lalande。没有意义，但从她心底发出，并独属于她。

这或许可以解释《濒临狂野的心》的语言风格，即便对深爱克拉丽丝的读者，也会形成巨大阅读挑战的语言风格，因为这是巨大的Lalande，这是给"不幸福"的一首赞歌。

在结尾处，约安娜踏上了旅程，小说戛然而止。阿尔瓦罗·林斯认为这意味着结构的不完整。然而，我认为，约安娜必然要踏上旅程。巴西学者费雷拉-平托总结了女性成长小说与男性成长小说的基本差异，她认为，在男性成长小说中，未成年人在成熟、博学的导师的引导下实现成长，进入并融入社会，成为中坚，游刃有余，比如威廉·麦斯特，而女性成长小说的主人公一般是成人，没有导师，以自我觉醒为特征，结局是疏离社会，一般情况下，或者出走，或者自杀。因此，出走是约安娜的必然结局，旅行是自我觉醒的必由之路。而且，我还认为，这并不意味着结构上的不完美，因为约安娜未尽的故事将由洛丽续写。一九六九年，克拉丽丝·李斯佩克朵发表了《一场学习和欢愉之书》，这是她唯一直接书写爱情的作品。女主人公洛丽在遭受感情波折后，踏上旅程，来到里约热内卢，在这里，她遇到了尤利西斯，大学哲学教授，奥塔维奥的升级与加强版。洛丽的美丽吸引了尤利西斯，尤利西斯的博学征服了洛丽，二人有望发展一段情缘。洛丽认为可以在尤利西斯这里得到教导，希望尤利西斯成为她的人生导师，疏解她因"自我叩问"而产生的存在之痛，但是尤利西斯拒绝"导师"身份，因为他也存在同样的痛楚。他自己也在"学习"的过程之中，他不是教育者，而是自我教育者，尤利西斯能为洛丽做的只有"等待"，等到洛丽自己体认到存在的真实并对两人关系做好准备的那一刻。洛丽开始了艰难的自我学习，在经历了一系列心理层面的"旅行"之后，她完成了自我觉醒，做好了准备，最终与尤利西斯结合，作为平等的人，形成平等的关系。这是一个美好的爱情乌托邦，然而并不能认为洛丽比约安娜更幸福，因为克拉丽丝已经取消了幸福与不幸福的界限。或者说，唯有自我觉醒具有终极意义。对于美好的事物，我们当然要抱以期待，然而此刻，就让我们礼赞不幸福！

2022 年 6 月 6 日，北京

那时，他唯有自己。渺小，快乐，紧贴着生命那颗狂野的心。

——詹姆斯·乔伊斯

第一部

父　亲

　　父亲的打字机咔嗒咔嗒地响着……咔嗒，咔嗒，咔嗒……钟表在一尘不染的叮当中醒来。寂静被拉出了长长的尾音。衣橱在说什么？衣服，衣服，衣服。不，不是。在钟表、打字机的声音和寂静当中，有一只耳朵在听，它是粉色的，很大，死气沉沉。这三种声音被日光和树的细叶互相摩擦发出的沙沙声连为了一体。

　　她前额紧贴着冰凉滑溜的窗玻璃，注视着邻居家的院子，注视着母鸡的世界，它们不知道自己死期将至。仿佛就在她的鼻子底下，她可以嗅到温暖而坚实的土地的味道，芳香且干燥，那里很好闻，好闻到有一两条虫子正在蠕动着，不久就会被那只即将被人们吃掉的母鸡吞掉。

　　有一个长长的、静止的瞬间，里面什么都没有。她睁大了眼睛，等待着。什么也没有发生。周围一片空白。但突然，仿佛上了弦一般，一切又重新迸发出了生命力。打字机在响，父亲的烟冒着烟雾，寂静，细叶，光秃秃的母鸡，明亮，一切都随着水壶沸腾时发出的急促响声重获生命。唯一少了的是钟表那美妙的叮当。她闭上眼睛，假装听到了叮当声，伴随着这有节奏的不存在的音乐，她以脚尖站起，轻柔而迅速地跳了三个舞步。

突然，她望着一切，感到有些恶心，仿佛吞下了太多的混合物。"哎呀呀……"她小声咕哝着，思索道：现在，现在，现在会发生什么呢？在时间的滴落中，你越是期待一件事情，它就越不会发生，你懂吗？她把脚放在脏脏的地板上，转移了复杂的思绪。她摩擦着双脚，用眼角的余光窥视父亲，等待着他不耐烦的、凶巴巴的目光。但并没有，什么也没有。像吸尘器一样把别人的思想吸进自己的脑子里可太难了。

"爸爸，我写了一首诗。"

"叫什么呢？"

"《太阳和我》，"她稍稍停顿了一下，朗诵道，"'院子里的鸡吃了两条虫子，可我一条也没见着。'"

"哦？这首诗和太阳还有你有什么关系？"

她望了父亲一眼。他不懂……

"太阳在虫子头顶上，爸爸，这首诗是我瞎写的，我没看到虫子……"她顿了顿，"我现在就可以再写一首："'嗨，太阳，过来跟我玩。'或者一首长一点的：

'我看见了一朵云

可怜的虫子

她应该没看到。'"

"很好，亲爱的，很好。你怎么写得这么美？"

"这不难，就是一点点说出来。"

她给她的娃娃穿上衣服又脱下，想象着她去参加晚会，是所有女儿里最光彩夺目的那一个。一辆蓝色的车撞倒了阿莱特，她死了。这时仙子赶来救活了她。她的女儿、仙子和蓝色的车都是约安娜自己的一部分，不然这个游戏会很无聊。在事件焦点聚集在一个人物身上的时候，她总能恰好把自己投射在那个主要人物的身上。她认真、安静地工作，手臂沿身体垂下。她不需要在阿莱特身边就可以和她一起玩。即使在远处，她也能占有一切。

她很喜欢玩硬纸板。她会盯着看，每一片纸板都变成了一个学生。约安娜是他们的老师。其中一个是好学生，一个是坏学生。好吧，好吧，这又怎么样呢？接下来呢？通常什么都不会发生……有了。

她做了一个食指大小的小人，他穿着长裤，打着领结。她把他装在她的校服口袋里。他真是个很棒很棒的小伙子，嗓音很深沉。他总会在口袋里说:"约安娜殿下,可否听我说一分钟,我就耽误您一分钟?"接着他会说:"听您吩咐,公主。我很愿意为您效劳。"

"爸爸,我该干什么?"

"做作业去。"

"我已经做完了。"

"那就去玩。"

"我也玩过了。"

"那就别来烦我。"

她转了几圈,停下身子,毫无兴致地望着先旋转、继而消失的墙和天花板。她走着,踮着脚尖,只踩那些深色的地板砖。她闭上了眼睛,手向外伸着,直到摸到一件家具。在她和家具之间有个东西,可她怎么也抓不住,像苍蝇一样。她偷偷地看了一眼——虽然她小心翼翼,生怕它跑掉,却只看到了自己嫩粉色的、失望的手。啊,我知道是空气,是空气!但没有用的,这什么也解释不了。这是她的一个秘密。她不会允许自己告诉别人,哪怕是自己的父亲,自己从来没能抓住"那个东西"。她说不上这些东西的名字,但它们是真正有价值的事物。她只会对别人胡言乱语,比如,只要她跟胡特讲了一个秘密,之后她就会生他的气。保持沉默是最好的方式。另外,如果她觉得疼,或者疼的时候她正看着钟表的指针,她会发觉,钟表在慢慢走着,而疼痛却原地不动。或者,即使她并不感到痛苦,如果她站在钟表前面一直看着它,无法感受到的要远远大于消逝的时间。现在,无论高兴还是生气,她都会跑到钟表前面,徒劳地看着秒针。

她走到窗户边,在窗台上画了个十字,冲外面直直地吐了口口水。要是她再吐一次——现在她只能在夜里这么做——就不会有什么麻烦,上帝也会一直做她的好朋友,但是,太友好了,以至于……以至于什么?

"爸爸,我该干什么?"

"我告诉过你了:自己玩儿去,别烦我!"

"但我已经玩儿够了,我发誓。"

父亲笑了。

"但是玩儿是玩儿不够的……"

"不,会的。"

"那再编一个游戏。"

"我不想玩游戏,也不想做作业。"

"那你想干什么?"

约安娜想了想。

"我也不知道……"

"你想飞吗？"父亲随口问了一句。

"不想。"约安娜回答。她停顿了一会儿。"我该干什么？"

这时，父亲发火了：

"去拿头撞墙吧！"

她走开了，一边走，一边给自己一头飘散的长发编着辫子。从不，从不，从不，是的，是的，她低声唱着。她最近学会了编辫子。她走到放着书的小桌子跟前，远远地看着它们，玩起了过家家。主妇、丈夫和孩子，绿色的是丈夫，白色的是妻子，红色的是儿子或者女儿。"从不"是男是女呢？为什么"从不"不能是一个儿子或女儿？那"是的"呢？原来，这么多事情都是彻底不可能的。这些足够你思考一个下午。比如：是谁第一次说出了"从不"这个词？

父亲干完了活儿，发现她坐在那里哭。

"你怎么了，孩子？"他拉起了她，面不改色地看着她难过得通红的小脸，"这是怎么了？"

"我没有事情可以做。"

从不，从不，是的，是的。一切像入睡前电车的声响，让人感到一丝害怕，之后就睡了。打字机的出字口像一个老女人的嘴一般合了起来，但有一种东西如电车的声响抽紧了她的心，只是她并不准备去睡觉。父亲抱住了她。他沉思了一会儿。但是一个人不能替别人做什么,人只能自救。这孩子要疯了,她太瘦小,太早熟……他摇了摇头,快速地叹了一口气。那是一颗小鸡蛋,一颗活生生的小鸡蛋。约安娜会长成什么样子呢?

约安娜的一天

约安娜想：我确信我是为恶而生的。

那么，力量强自按压而又一触即发，那种感觉是什么？她双眼紧闭时才使得出来，连同野兽般不假思索的信心，那种渴望又是什么？难道不是只有在做坏事的时候，你才能尽情地呼吸，直面空气和你的两个肺吗？就算快乐也不如邪恶带给我的快乐，她惊讶地想。她感到体内有一只完美的动物，缺因少果，充满自私和活力。

她想起了她的丈夫，他可能不会理解她的这种想法。她试图去回忆奥塔维奥的模样。然而，在意识到他离开房子的那一瞬间，她彻底改变了，她只关注她自己，仿佛只是被他打断了一下。她缓缓地继续生活于童年之线上，忘记了丈夫，以深刻的孤独在房间里移动。街区很安静，房子隔得很远，没有传来一丁点声音。她是自由的，她不知道自己在想些什么。

是的，她感到体内有一只完美的动物。一想到有一天要释放它，她就觉得反胃。也许是担心缺乏美感，或是惧怕启示……不，不，她重复道，不要惧怕去创造。在内心深处，她依然抗拒这只动物。这是因为她仍希望去讨好别人，希望得到强大之人的爱，就像去世的婶婶。然后把她踩在脚底下，毫不犹豫地和她断绝关系。因为用最好也是最适合眼下的话说：善让我恶心。善是温热的、轻柔的，闻起来像一块放久了的生肉，但也不是完全坏掉。人们不时冷藏，调味，足以使它保持温热和安静。

有一天，那时约安娜还没有结婚，婶婶还活着，她目睹了一个馋人吃饭。她暗中观察着他那睁大的眼睛，明亮而愚蠢，拼命捕捉着最细微的味道。还有他的手，他的双手。一只手用叉子叉着一块带血的肉（这块肉一点也不温热和安静，而是活生生的、讽刺的、不道德的），另一只手在桌布上乱动，不安地抓挠着，急切地想要吃下一口。桌下的腿随着某个听不见的曲调有节奏地晃动着，那是魔鬼的音乐，带有纯粹的不受控制的蛮力。还有他肤色的野性与丰富……嘴唇和鼻翼周围呈现红色，肿眼泡下面泛起苍白的蓝色。在她腐坏的咖啡面前，约安娜的脊背不由得一阵发凉。但之后，她也分不清这是什么感觉，是厌恶、迷恋，还是淫欲。也许都有。她清楚这个男人是一股力量。她是个节制的人，没法像他那样吃东西。但是那种示范令她感到不安。读到恐怖小说的时候她也会被触动,书中的恶就像冷水浴一样冷酷而强烈。这种感觉就好比只有在看一个人喝水的时候,才意识到自己也渴,深刻而古老的渴。也许她只是缺少生活:和她能够与想要活出的自己相比,她还活得不够,以致渴望洪水止渴。也许只要几口……啊,教训啊!教训!婶婶会这么讲:千万别再向前,千万不要偷东西,你要先知道你要偷取之物是不是已经存在于某个地方,安生地等着你。为什么不能偷呢?偷来的总是更珍贵。恶的滋味就好像咀嚼下红色,吞下一团甜津津的火。

不要自责。要去寻找自私的基础:我所不是的一切都令我不感兴趣,要成为不是你的那个人是不可能的(但我可以超脱自身并非谵妄,我几乎总是比几近平常之我活得更完整);我有一个身体,我所做的一切都是我之开始的延续;倘若我对玛雅文明不感兴趣,那是因为在我的体内没有任何东西能和那些雕塑相连;我接受来自我本身的一切,因为我不知道原因,我也许正在踩踏重要的东西而并不知道;这是我最大的谦逊,她想。

最糟的是,她可以把想到的事情一股脑儿地想下去。她的思维一旦立起,便如同花园里的雕塑。她穿过花园,看了看,继续向前走。

那天她挺开心,也很美丽。还有点发烧。为什么会这么浪漫呢？是因为发烧吗？不过我的确有：眼睛灼灼有光，有力而又虚弱，心跳不稳。每当微风，夏日的微风，拍打她的身体，因为既寒冷又温暖，她颤抖起来。然后她开始飞快地思考，无法停止臆想。这是因为我还很年轻，每当有人触碰我，或是不触碰我，我都会感觉到，她想。比如，现在去想象一条金色的溪流。正因为它根本不存在，你懂吗？好像有点离谱。是的，但是太阳的金色也是金……所以这不完全是我的凭空想象。总是同一种坠落：既不是恶，也不是想象。前者最终会归于一种简单无修饰的、如同滚石一样盲目的感觉。唯有想象具有邪恶之力，想象中只有视觉的扩大与扭曲：真理掩盖于下，无动于衷。一个人如果说谎，会坠落于真理之中。即使在自由的时候，当一个人快乐地选择了新的路途，却只有在后来才会意识到。自由不过是追随本心，而这正是再次踏上已经计划的路。她只会看到已拥有的东西。她对想象已经失去了兴趣。我哭的那天？——那天也有说谎的欲望——我在学习数学，突然感觉到奇迹那巨大而冷酷的不可能。我朝窗外看去，如果我走到那个男人身边，唯一的真理，唯一一个我不能告诉他的真理，如果他不跑开的话，就是我是活着的。真的，我活着。我是谁？好吧，这个问题太大了。我想起了一首巴赫的半音阶练习曲，走了神。它像冰一样冰冷纯粹，但你可以睡在上面。我失去了意识,但没有关系。在幻觉中我感受到了最大的平静。好奇怪,我说不清自己是谁。我是说,我知道,但我不能说。尤其是我害怕去说出来,因为,在我试图说话的那一刻,我不仅没有表达我的感受,而且我的感受慢慢变成了我所说的一切。或者至少促使我行动的不是我的感受,而是我的话语。我感受到了我是谁,这种印象停留在我大脑的最上层、我的嘴唇和我的手臂上,也抵达了我的身体内部。但是它在哪儿,它究竟在哪儿,我说不出来。那种滋味是灰色的,有点红,古老的小蓝块儿,像啫喱一样缓慢移动。有时它会变得尖锐,伤害了我,冲击着我。好吧,现在去想想蓝色的天空吧。但是,如此真实地存在着,这种确信究竟从何而来?不,我不太对劲。因为没有人会问自己这种问题,而我却……但是只需沉默,在所有真实之下窥见唯一不可通约的真实,即存在。在所有的疑问之下——半音阶小调——我知道一切都是完美的,因为它会按照既定的谱子从一个音阶过渡到另一个音阶。没有什么能够逃过事物的完美性,一切就是这样。但是这不能解释为什么当奥塔维奥一边咳嗽一边把手放在胸口上的时候,我会情绪激动。或者在他抽着烟,没注意到烟灰落在胡子上的时候,哎,我当时感觉到悲悯。悲悯是我去爱的方式。去恨,去交流。这是支持我对抗世界的力量,就像有的人靠欲望活,有的人靠恐惧活。对那些发生了而我却不知道的事,我感到悲悯。但我累了,尽管今天我很高兴,不知从何而来的高兴。我累了,现在很累!让我们一起低声哭泣吧。因为曾受过苦而且要继续受苦。在纯净的泪水中,痛苦疲惫了。这是一种对诗的渴求,我承认,上帝。让我们牵手共眠。世界滚滚向前,未知处有着我未知的事物。让我们在上帝和神秘之上安睡,一艘安谧而脆弱的船漂浮在海面上,这就是睡意。

为什么她会如此炽热、如此轻盈,好像一团从掀起盖子的炉子里冒出的气?

今天和其他日子并没有什么不同,也许生活就是这么被堆砌出来的。她在耀眼的阳光下醒来,仿佛被人入侵。躺在床上,她想起了沙子、大海、在去世的婶婶的房子里喝海水,想起了感觉,尤其是感觉。她在床上等了几秒钟,但什么也没发生,又是寻常的一天。从小,她便不曾从"欲望——能力——奇迹"中解脱。这个公式周而复始:不拥有,但感受事物。只要一切都能帮助她,让她变得轻盈纯净,仿佛斋戒,就可以获得想象。这仿佛飞行一样艰难,没有任何支撑在她的脚下,却要把一些非常珍贵的东西,例如一个孩子,接到怀里。甚至只在游戏的某一刻,她才会失去自己正在撒谎的感觉——而且害怕自己并没有在想法中现身。她想要大海,摸到的却只有床单。一天过去了，丢下她，一个人。

　　她依然躺着，一言不发，几乎不去思考，这事时常发生。她微微看着充满阳光的房间，那一刻，高傲的窗户闪着光，仿佛本身就是光。奥塔维奥出去了。家里没有人。因此，在她内心深处，没有人可以随心所欲且脱离现实地思考。如果我从星星上看到地面上的自己，我会感到孤独。但现在不是晚上，没有星星，也不可能从那么远的地方观察自己。思绪游离中，她想起了一个人（大板牙，宽牙缝，没有眼睫毛）。他说话时对新颖很自信，但又很真诚：我的生活完全是黑夜的。说完，他就那么坐着，安静得如同一头夜里的牛；毫无逻辑或目的地晃着脑袋，只为再次全神贯注于愚蠢。他让大家都目瞪口呆。啊，是的，这个男人来自她的童年，记忆之畔，还有一束湿漉漉的大紫罗兰，颤颤巍巍的……现在她更清醒了一点，如果她愿意，再多一点儿放纵，约安娜就可以重温她的整个童年……和父亲度过的短暂时光，搬去婶婶家，老师教她生活，青春期神秘地矗立，寄宿学校……嫁给奥塔维奥……但一切都很短，仅仅一个眼神就可以囊括全部。

　　她着实觉得有点发烧。如果世间真的存在罪恶，那么她便犯了罪。她的整个人生都是一个错误，她一无是处。那个有自己声音的女人在哪里？那些仅仅是雌性的女人在哪里？现在是儿时的她的延续？她有点发烧。因为她那些日子到处游荡，无数次否定和热爱同样的事物。在那些黑暗而沉寂的夜晚，小星星在高处一闪一闪。女人躺在床上，在昏暗中警觉地睁着眼睛。惨白的床在黑暗中游动。疲倦滑过她的身体，清醒地躲避着章鱼。破碎的梦想，幻象的开始。奥塔维奥住在另一间卧室。突然，所有等待的倦怠都集中在身体紧张而快速的运动中，无声的尖叫。后来变冷了，困了。

一　天

一天,父亲的一位朋友远道而来,与他拥抱。吃晚饭时,约安娜惊恐而伤心地盯着桌子上那只去了毛的黄色母鸡。父亲在和那个男人喝酒,那个男人一直在说:

"我不能相信,你竟然生了一个女儿……"

父亲冲着约安娜笑了笑,说:

"她是我在路边买的……"

她父亲有点儿戏谑,又有点儿认真。他把面包屑卷成一个球。有时他会喝一大口酒。那个男人转过身来,对约安娜说:

"你知道猪是哼——哼——哼这样叫的吗?"

她父亲说:

"你太擅长这个了,阿尔弗雷多……"

那个男人叫阿尔弗雷多。

"你看不出来吗,"她父亲说,"那姑娘早就过了学猪叫的年纪……"

他们都笑了，约安娜也笑了。父亲又给了她一个鸡翅，她吃了，没吃面包。

"有个女儿是什么感觉？"那个男人一边咀嚼一边问道。

父亲用餐巾擦了擦嘴，侧着头，笑着说：

"有时感觉像是手上拿了一个热鸡蛋。有时什么感觉也没有：完全失忆……我偶尔会意识到原来自己还有个女儿，亲生的。"

"少女，少女，珍珠，旋转，旋转……"那个男人看着约安娜唱道。当你长大了，成为一个女人和大人，你要做什么？

"她不懂什么是大人，我的朋友。"她父亲宣称，"但如果她不生气，我可以告诉你她的计划。她告诉我长大后她要成为一个英雄……"

那个男人大笑不止。突然，他停了下来，托起约安娜的下巴，当他握住它时，她无法咀嚼："小姑娘，你不会因为秘密泄露而哭的，是不是？"

然后他们开始谈论她出生前发生的事情。很多时候，不是因为真的发生了什么事，只是闲谈罢了——但总归是她出生前的事。她希望下雨，因为这样睡觉就容易多了，不用害怕黑暗。两个男人拿帽子要出去，于是她站起来，扯了扯父亲的外套：

"再待一会儿……"

男人们互相瞥了一眼,有一瞬间,她不确定他们是要留下还是要走。但父亲和他的朋友保持着几分严肃,然后一起大笑,这时她知道他会留下来。至少会待到她足够困了,不会因为听不见雨声和人声而睡不着,也不用想着只剩下空荡安静的黑房子。他们坐下来抽烟。光开始在她的眼睛里闪烁,第二天,她一醒来,就要去邻居家的院子里看母鸡,因为今天她吃了烤鸡。

"我忘不了她,"她父亲说,"不是说我一直想着她。这个念头只会偶尔出现,像是提醒我以后再去想。后来它又出现了,我也从来没有细想。这种感觉就像轻微的、不疼的针扎,一句说不出的'啊'!是一瞬间的模糊沉吟,然后忘却。她的名字叫……"他瞥了约安娜一眼。"她的名字叫埃尔萨。我记得我甚至对她说:'埃尔萨这个名字听起来像一个空袋子。'她很瘦,有点斜视(你知道的,是吗?),充满力量。她可以迅速而严厉地下结论,她太独立,太直白,以至于我们第一次说话时,我说她很粗鲁!你想想吧……然后她笑了,变得严肃起来。那个时候,我总去想象她晚上做什么。因为看起来她不可能睡觉。不,是她从不会投降。还有那干枯的肤色(幸好约安娜没有随她),简直搭配不了衣服……她大概会整晚祈祷,凝视黑暗的天空,为某人不眠不休。我记性不好,甚至记不起为什么我会说她很粗鲁。但没坏到忘记她的程度。我依然会看到她走在沙滩上,脚步僵硬,面庞阴沉而遥远。最奇怪的是,阿尔弗雷多,沙滩不可能存在。但这个画面如此执拗地一再出现,没法解释。"

那个男人抽着烟,几乎躺倒在椅子上。约安娜用指甲刮着旧扶手椅的红色皮革。

"有次我黎明时分发烧醒来。我感觉到舌头在我的嘴里,又热又干,粗糙得像一块破布。你知道我是多么害怕受苦,与其那样,我宁愿出卖我的灵魂。我想到了她。简直不可思议。如果我没弄错,她该有三十二岁了。我认识她时,她才二十岁,时间转瞬即逝。在这样一个痛苦的时刻,在这么多熟识的人当中(也包括你,尽管我不知道你在干什么),在那一瞬间,我偏偏想起了她。真见鬼……"

他的朋友笑了:"真是见了鬼了……"

"你不会理解,我从来没有见过一个人的脾气如此之暴躁,但她的怒气是真诚的,轻蔑也是。同时她又很善良,干巴巴的善。我错了吗?是我不喜欢的那种善,好像在嘲笑你。但我习惯了。她不需要我。我也不需要她,这是真的。但我们生活在一起。我仍然想知道,我不惜一切也想知道:她想的究竟是什么。以你对我的观感和了解,你会发现和她比起来,我就像一个傻瓜。所以想象一下她给我这个可怜而贫瘠的家庭带来的影响：就好像我把它带到她红润丰满的胸脯。记得吗，阿尔弗雷多？"——他们笑了——"就好像我带来了天花病菌，一个异教徒，天知道什么……不管怎样，我真的希望这个小女孩不要像她一样。也不要像我，上帝啊……幸运的是，我觉得约安娜会走她自己的路……"

"然后呢？"那个男人说。

"然后……就没了。她一有机会就死了。"

那个男人接着说：

"你看，你的女儿都要睡着了……行行好，快带她去睡觉吧。"

但是她并没有睡着，只是半闭着眼睛，头垂在一边，好像下雨一样，一切都轻轻地缠绕在一起。这样，当她躺下，拉起被单时，她会习惯睡觉，不会感到黑暗压着她的胸口。特别是今天，她害怕埃尔萨。但人不能害怕自己的母亲。母亲就像父亲。当她父亲抱着她穿过走廊来到卧室时，她把头靠在他身上，闻到了他怀里传来的强烈气味。她没出声地说：不，不，不……为了给自己打气，她想：明天，明天一大早就要去看那些活着的母鸡。

最后一缕阳光在绿色的树枝上摇曳。鸽子在松软的土地上抓挠。不时地，微风和校园的寂静飘进教室。然后，一切都变得轻飘飘的，老师的声音像白旗一样飘浮。

"他和全家从此过上了幸福的生活。"停了一下——花园里树木沙沙作响，这是一个夏日。"下节课写一份这个故事的梗概。"

仍然沉浸在故事中的孩子们慢慢地移动着，他们眼睛明亮，嘴巴很满意。"幸福时你会得到什么？"她的声音如同一支清晰而纤细的利箭。老师看了看约安娜。

"再说一遍这个问题……？"

一阵沉默。老师笑着把书合起来。

"再问一遍，约安娜。我没听清。"

"我想知道：一个人幸福之后会发生什么？接下来是什么？"她固执地重复着。

那女人惊奇地盯着她看。

"好问题！我不太懂你的意思，真是个奇怪的想法！换种方式再问一遍……"

"幸福是为了什么？"

老师脸红了，没人知道她为什么脸红。她看了一眼全班同学，让他们解散，去操场上玩。

清洁工叫约安娜到办公室去。老师在那儿。

"请坐……你经常玩吗？"

"算是……"

"你长大后想做什么？"

"我不知道。"

"嗯。看，我也有个想法。"她脸红了。"拿张纸来，写下你今天问我的问题，保存好了，等你长大了再拿出来看。"她看着她。"谁知道呢？也许有一天你能自己找到答案……"她严肃的表情消失了，脸又红了。"不过也没关系，至少你自己会觉得好玩……"

"不。"

"不什么？"老师惊讶地问道。

"我不喜欢逗自己。"约安娜骄傲地说。

老师又脸红了。

"好吧，去玩吧。"

当约安娜两步跳到门口时，老师又喊了她一声，这次她脸红到脖子，眼睛低垂着，整理着桌上的文件。

"我让你写下问题保存好，你不觉得很奇怪吗？"

"不会。"她说。

然后她转身去往院子里。

约安娜的散步

"我很容易分心。"约安娜对奥塔维奥说。

正如四面墙所包围的空间具有特定的价值,与其说是由空间这一事实引起,不如说是被墙包围这一事实引起。奥塔维奥把约安娜变得不再是她——他把她变成了他自己。约安娜接受这种改变完全是出于对两个人的悲悯。因为他们两个都没有能力通过爱来解放自己,因为她认命地接受了自己对痛苦的恐惧、她反抗不了的无能。另外,如果不让他囚禁她,她又怎么能把自己绑在一个男人身上呢?她怎么能阻止他在她的身体和灵魂上建立起他的四面墙呢?有没有一种拥有事物而又不必被事物占有的方式呢?

下午是裸色的,澄澈透明,没有开始,也没有结束。轻盈的黑鸟在纯净的空气中清晰地飞翔,它们飞翔,却没有人看上哪怕一眼。远处的山峦坚定而封闭地飘浮。观察它有两种方法:一是想象它远在天边,很大;二是想象它近在咫尺,很小。但无论如何，这是一座愚蠢、坚硬、褐色的山。有时，她百般仇视大自然。

不知道为什么，她最后的思绪，与山混在一起，完成了某样东西，仿佛张开手掌，重重地敲着桌子：好了！那个青灰色的东西在约安娜的心中笨拙地延伸，像一个懒惰的身体，瘦弱而粗糙，就在她的内心深处，干巴巴的，像是一个没有唾液的微笑，像是无精打采的困倦的双眼，在这座静止的山前，它确认了自身。那样她用手抓不到的东西，现在是光荣的、高大的、自由的，想概括它是徒费无用之功：纯净的空气，夏日的午后。因为肯定不只如此。一场对枝繁叶茂的树木的无用胜利，完全不用做任何事。哦，天哪。是的，那就是：如果上帝存在的话，他一定会抛弃这个突然变得无比纯净的世界，就像周六的一所房子，安静，无尘，有肥皂味。约安娜笑了。为什么一所打了蜡的、一尘不染的房子会让她感到迷茫，就像置身于修道院，孤独地徘徊在走廊里？还有很多其他事情她还在观察。比如，她是否能忍受把冰块贴在肝脏上？她被遥远而敏锐的感觉与明亮而迅疾的想法穿透。如果她不得不说话，她会说：多么崇高！她会伸出双手，也许还会闭上眼睛。

"我就是经常会心不在焉。"她重复道。

她觉得自己像一根干枯树枝，从空中伸出来。脆脆的，覆盖着老树皮。她好像渴了，但附近没有水。尤其是，她有着一种令人窒息的确信：如果一个男人在那一刻拥抱她，她的神经不会感到一种柔软的甜蜜，而会是柠檬汁般的刺痛。她的身体像火边的木头，扭曲，爆裂，干燥。她无法安慰自己说：这只是一个停顿，生活会像一股鲜血那般涌来，冲刷着我，滋润那根枯枝。她不能自欺欺人，因为她知道自己是活着的，而那些时刻正是困难和痛苦经历的顶峰，她应该对此心存感激：她仿佛感到时间脱离了她，超然在外。

"我注意到了，你喜欢散步，"奥塔维奥拾起一根树枝说，"其实在我们结婚之前你就喜欢这样。"

"是的，非常喜欢。"她回答。

她可以随便对他说点什么，这样就可以在他们之间建立一种新的关系。他会喜欢这样的，就像其他人一样。她没有义务去延续过去，只消一句话，她就能创造出一个新的人生历程。如果她说：我怀孕三个月了！会有一样东西活在他们之间。虽然奥塔维奥并不会多么激动。对于他，最可能的是，与已发生的事建立联系。尽管如此，在他"饶了我，饶了我"的目光下，她还是不时地张开手，任一只小鸟突然地飞翔。然而，有时，也许正因为他所说的美德问题，他们之间没有桥梁，相反，却出现了一层隔阂。"奥塔维奥，"她突然对他说，"你有没有想过,一个点,一个没有维度的点,是最极致的孤独?一个点连自己都不拥有,是或不是皆在它之外。"她仿佛向丈夫扔了一块炭,这个句子跳来跳去,直到他说了另一句话来摆脱,它才从他手上滑落。那句话如灰一般冰冷,足以填平间隔的灰:下雨了,我饿了,美好的一天。也许是因为她不会开玩笑。但她爱他,爱他拾起树枝时的样子。

她呼吸着午后温暖而晴朗的空气,她体内要喝水的那样事物仍然紧张而僵硬,就像一个蒙着眼睛等待被枪决的人。

夜幕降临,她继续以贫瘠的节奏呼吸着。但是当黎明前的光柔和地洒在房间里,一切都清新地从阴影中浮现,她感到崭新的清晨在床单间蠢蠢欲动,她睁开眼睛,从床上坐了起来。在她心中,死亡仿佛已不复存在,爱情仿佛可以融化她,仿佛永恒即是新生。

婶　婶

　　这是一段漫长的旅程，从遥远的灌木丛中传来一股潮湿植被的冰冷气味。

　　天还很早，约安娜几乎没有时间洗脸。在她旁边，女仆心不在焉地拼读着电车上的广告。约安娜把右太阳穴靠在座位上，任由自己被车轮发出的轻柔声音催眠，这声音穿过木头，昏昏沉沉地传到她耳朵里。灰色的地面在她低垂的眼睛下快速地掠过，带着稍纵即逝的条纹。如果睁开眼睛，她会看到每一块石头，神秘便会结束。但她眼睛半闭着，觉得电车似乎开得更快了，凉爽而咸的晨风吹得更强了。

　　早饭时，她吃了一块奇怪的黑蛋糕，尝到了酒和蟑螂的味道。他们那么温柔和好心地给她吃，她都不好意思拒绝。现在那块蛋糕压在她的胃里，给她的身体注入了一种悲伤，与她睡觉与醒来都会沉浸的另一种悲伤结合在一起——帘子后，某种东西一动不动。

"这沙地走起来真费劲。"女仆抱怨道。

她穿过一片沙地,它预告了海滩,通往婶婶家。沙粒下面长出了又细又黑的草,在松软的白色地表上剧烈地扭曲着。呼啸的风从看不见的海里吹来,带来了盐、沙、疲倦的水声,纠缠着她两腿之间的裙子,狂暴地舔着约安娜和女仆的皮肤。

"该死的风。"女仆咬牙切齿地说。一阵更强烈的阵风把她的裙子掀到脸上,露出她黝黑的、肌肉发达的大腿。椰子树绝望地扭曲着,即使不能看到太阳,沙地和天空中忽明忽暗的光影也能折射出它的变幻。天啊,发生了什么?一切都在尖叫:不!不!

婶婶的房子是个避风港,风和光都进不来。女仆舒了口气,在阴沉幽静的门厅里坐下,沉重的深色家具中,画框中几个男人的微笑泛着微光。约安娜依旧站着,强自忍耐着那股温热的味道,强烈的潮汐过后,那味道甜蜜而静谧。潮气和加糖的茶。

通往屋里的门终于打开了,婶婶穿着一件大花睡袍走向她。约安娜还没来得及采取行动自卫,就被埋在两块柔软而温暖、因抽泣而颤抖的肉中间。从那里面,从黑暗中,仿佛透过枕头,她听到了眼泪的声音:

"可怜的小孤儿!"

她感到自己的脸被婶婶肥大的手猛地从她的脸前拉开,盯着她看了一会儿。婶婶一个动作接着一个动作,没有过渡,急促而粗暴。一阵新的哭泣声从她身体里涌了出来,约安娜的眼睛、嘴巴、脖子上都印下了痛苦的吻。婶婶的舌头和嘴巴像小狗一样柔软而温热。约安娜闭上眼睛,咽下从胃里升起的恶心和黑蛋糕,全身都在发抖。婶婶拿出一条皱巴巴的大手帕,擤了擤鼻子。女仆一直坐在那里,凝视着画,双腿松弛,张着嘴巴。婶婶的胸脯很深,可以把手伸进去,就好像伸进一个口袋,掏出一个惊喜,一只小动物,一个盒子,天知道什么。随着哭声,它越变越大。从屋里传来豆子和大蒜的味道。在某个地方,有人肯定在大口喝橄榄油。婶婶的胸脯可以埋进一个人!

"放开我!"约安娜尖声喊道,跺着脚,眼睛睁得大大的,身体在发抖。

婶婶靠在钢琴上,大吃一惊。女仆说:"放开她吧,她的确有点累了。"约安娜气喘吁吁,脸色苍白。她的黑眼睛如被追赶一般走遍了门厅。墙很厚,她被困住了,被困住了!一个画中的男人从胡须里盯着她看,而婶婶的胸脯可能会溢出来压住她,变成溶解的脂肪。她推开沉重的门,逃走了。

一阵风沙吹进大厅,掀开窗帘,带来清新的空气。透过敞开的门,婶婶用手帕捂住嘴,遮住了哭泣和恐惧——哦,那可怕的失望。有那么一会儿,婶婶看见侄女瘦弱而光秃的腿在天空和大地之间奔跑，直到消失在海滩上。

约安娜用手背擦干了被亲吻和眼泪打湿的脸。她深深地呼吸，仍然能感受到温热唾液的无味，以及从婶婶怀里散发出来的芳香。她再也不用忍耐，愤怒和厌恶在剧烈的涌动中升起，她俯下身子，对着岩石间的一个洞呕吐。她闭着眼睛，满身的痛苦和怨恨。

风现在粗暴地舔着她。她面色苍白，身体虚弱，呼吸软弱。风是咸的、快活的，刮过她的身体，进入她的体内，使它重新焕发活力。她睁开了眼睛。下面，锡一般的浪闪闪发光，大海深沉、笨重、宁静。大海紧密而反叛，绕着自身，盘卷起来，然后，在寂静的沙滩上，它伸展开来……如同一具活生生的身躯，它伸展开来。小小波浪的另一端是大海。"大海。"她低声说，声音嘶哑。

她从岩石上爬下来，沿着孤独的海滩有气无力地走着，直到踩到了水。她蹲下身子，两腿颤抖，喝了些海水。就那样，她在休息。有时她半闭上眼睛，就在海平面上，摇摇晃晃，她的视线如此锐利，只有那条长长的绿线，无穷无尽地连接着她的眼睛与海水。太阳冲破云层，水面上闪烁的波光仿佛忽明忽寂的火苗。大海，在它的波浪之外，远远地看着她，安静，既不哭泣，也没有胸脯。广阔，广阔，广阔，她笑了。突然，就像这样，出人意料，她感到体内有一样强大的东西，一样有趣的东西，让她微微发抖。但天气并不冷，她也不难过，这是一样广阔的东西，来自大海，来自她嘴里的盐味，来自她，来自她自己。这不是悲伤，而是一种几乎可怕的幸福……每次当她注视着大海和平静海面上的一闪一闪，她就感到身体、腰和胸口先会紧张，然后又放松。她不确定该不该笑，因为没什么好笑的。相反，啊！相反，这背后是昨天发生的事情。她双手捂住脸等着，几乎感到羞愧，感觉到她的笑容和呼出的热气被吸了回去。水顺着她现在光着的脚流下，在脚趾间咆哮，像透明的虫子一样清澈地溜走了。透明的，活生生的……她想喝一口水，慢慢地咬住它。她用手掬住了水。安静的小小湖泊在阳光下宁静地闪烁着，温热了，滑落了，逃走了。沙子很快就把它吸走了，然后一如往常，好像从不认识这捧水。她用水打湿脸庞，用舌头舔着带有咸味的空空的手掌。盐和太阳是闪亮的水箭，到处涌现，刺痛了她，拉扯着她的皮肤和湿湿的脸庞。她的幸福增大了，就像一袋空气聚集在喉咙里。但这是一种严肃的幸福，一点儿也不想笑。上帝啊！这是一种几乎会哭的幸福。一个念头慢慢地浮现出来。不要怕，不要像这一刻之前那般灰败、那般爱哭，要像白沙一般，在阳光下赤裸而沉默。爸爸死了。爸爸死了。她缓慢地呼吸着。爸爸死了。现在她真的知道她父亲死了。现在，在海边，波光仿佛水中鱼掀起的雨。她的父亲，一如大海，如此深沉！她突然明白了。她觉得，父亲死了，就像人看不到大海的底。

她并未哭得垂头丧气。她知道父亲已经去世。仅此而已。她的悲伤是巨大而沉重的疲倦，没有愤怒。她带着它，走在广阔的海滩上。她看着自己树枝一样纤细与黝黑的脚，在寂静的白色之中，它们一气呵成地深陷又有节奏地抬起。她走啊走，没什么可做的：她父亲死了。

她脸朝下趴在沙滩上，双手捂住脸，只留下一点空隙呼吸。越来越黑，不久，红圈和红点、饱满而颤抖的圆球慢慢出现，先是增多，而后减少。沙粒刺痛了她的皮肤，钻进了她的体内。即使闭上眼睛，她也感觉到，海滩上，海浪很快被海水吸走了，也是闭着眼睛。然后它们温顺地回来，张开手掌，身体放松。听到海水的声音真好。我是一个人。接下来会有很多事发生。什么？不管发生什么，她都会告诉自己。没有人能理解：她想到一件事，却不知道怎么说得一模一样。尤其是对于想这件事，一切都不可能。例如，有时她有了一个想法，会惊讶地问：为什么我以前没有想到这个？这和突然在桌子上看到一个小缺口并说"我之前怎么没注意到！"是不一样的。不一样……想到的事在想之前并不存在。例如：古斯塔沃手指上的疤痕。在说出古斯塔沃的手指有疤痕之前，它并不存在……所想的都变成了想过的。而且：并非一切所思所想都会就此存在……因为如果我说，婶婶正在和叔父一起吃午饭，我没有让任何事物存续下去。或者，如果我决定去散步，散步很好……但什么都不存在。但是，如果我说，比如坟墓上的花，这就是一样在我想到坟墓上有花之前所不存在的事物。音乐也是如此。她为什么不能一个人演奏完世间所有的音乐呢？——她看着打开的钢琴，里面包纳着音乐……她的眼睛睁大了，变黑了，很神秘。"所有，所有"，那一刻，她开始说谎——早就开始成为人了。这一切都无法解释，就像"从未"这个词，既不是阳性的也不是阴性的。但即便如此，她也不知道什么时候该说"是"。她知道了。哦，她越来越知道了。例如，海。海水很多。她想把自己埋进沙子里，想着大海，或者，睁大眼睛，盯着它看，但之后又找不到到底在看什么。在婶婶家，头几天，她会收到糖果。住下之后，她会在蓝白色相间的浴缸里洗澡。每天晚上，天黑之后，她会穿上睡衣睡觉。早上，喝加了牛奶的咖啡，吃饼干。婶婶总是做大饼干。但是不加盐。就像一个黑衣人看着电车经过。在吃饼干前，她会先浸在海里。她会咬一口，然后飞奔回家喝一口咖啡。如此反复。然后她会在院子里玩，那儿有棍子和瓶子。

但最重要的是那没有母鸡的旧鸡舍。闻起来有石灰、肮脏和什么东西变干了的味道。但是人可以坐在里面，非常靠近地面，看着大地。大地由太多的碎片组成，思考有多少碎片真令人头痛。鸡舍里有栅栏，有一切，会成为她的家。还有她叔父的农场，她还没去过，但之后会在那里度假。她得到了很多新东西，不是吗？她把脸埋在手心里。啊！真可怕，真可怕！但这不仅仅是可怕。就像有人完成了一件事，说："老师，我完成了。"老师说："坐着等其他人。"然后你静静地坐在那里等着，就像置身于一座教堂。一座高大的教堂，谁也不说话。精致的圣徒。碰他们时，他们冷冰冰的。冷漠而神圣。什么话都不说。啊！真可怕，真可怕！但这不仅仅是可怕。我也没什么事可做，我也不知道该做什么。比如看一样美丽的东西，可爱的小鸡，大海，喉咙的收紧。但不仅仅如此。睁大眼睛，一眨一眨，混合着窗帘后面的东西。

约安娜的快乐

她有时感到的自由,不是来自清晰的思考,而是一种似乎由感知构成的状态,这种感知过于鲜活,无法形成思想。有时,在这种感受的最底层会有一种想法在波动,让她对其种类和颜色产生了模糊的认识。

她低语时滑入的状态:永恒。思想本身具有永恒的品质。可以神奇地加深和扩大,没有任何实际的内容或形式,也没有维度。印象中,如果能在这种感觉中多停留几分钟,就会得到启示——这点很容易,就好像要看清世界的其他地方,人需要离开地球进入太空。永恒不仅仅是时间,还是某种根深蒂固的确定性,因为死亡而无法被肉体容纳;超越永恒的不可能性是永恒的;置身于绝对纯洁的几近抽象的感觉也是永恒的。不可能知道,有一天她的肉身以流星般的速度远离此在,在那之后,会有多少人相随,这尤其让人产生永恒的念头。

她定义了永恒,解释如同心脏的跳动般命中注定。她不会改变任何一个词，这便是它们的真理。它们才刚刚萌发，就变成逻辑上的空洞。把永恒定义为一个比时间更大的量，甚至比人类思想所能维持的时间更大的量，即便如此，也无法企及其时限。它的质量恰恰在于没有数量，不能测量和切分，因为所有可以测量和切分的事物都有开始和结束。永恒并不是可损耗的无限大的量——永恒是连绵。

这时，约安娜突然明白，至美存在于连绵中，运动解释了形式——高贵而纯洁的呐喊：运动解释了形式！——连绵中亦有疼痛，因为身体慢于连绵的不间断的运动。想象抓住并掌握了当下的未来，而身体却停留在道路的开始，以另一种节奏在活，对精神的体验视而不见……通过这些感知，约安娜穿行其中，让某样事物存在——她连通了一种自足的快乐。

有很多美妙的感觉。爬上山，停在山顶，不去观看，感觉到身后被征服了的广阔，远处，有家农场。风吹动着她的衣服和头发。她的手臂自由自在，心疯狂地收缩和鼓起，但阳光之下，她的脸明亮而平静。最重要的是，她知道脚下的大地如此深沉、如此神秘，因此，她不必害怕理解的入侵会消解这种神秘。这种感觉具有光荣的品质。

这是音乐中的某些时刻。音乐与思想属于同一范畴，都以同样的运动和类型进行波动。音乐与思想如此内在，因此，一听到音乐，思想就揭示出来。思想如此内在，因此，当约安娜听见有人能再现声响的细微差异，不由得感到惊讶，仿佛遭遇入侵，分散各处。当音乐流行开来——它不再是她的，她便不会再感到和谐。或者她听过几遍，这种相似会被破坏：因为她的思想从未重复，而音乐却可以新生得同自身一模一样——思想只有在产生之时，才等同于音乐。约安娜并不是对所有声响都有深刻的认同。她只认同那些纯洁的声响，在其中，她所爱之事不悲伤，也不欢喜。

还有很多东西要去观察。某些瞬间重要得像看到"坟墓上的花"：看到的事物才会存在。然而，约安娜并不期待看到奇迹中的幻象，即便是天使加百列预告的。甚至她之前看过的东西也会让她惊诧，但是，突然，她仿佛第一次看到，突然，她明白了那样事物一直存在。就像一只狗朝着天空吠叫。它独立存在，不需要其他东西来解释……一扇开着的门在午后的寂静中来回摆动，吱吱作响……突然间，是的，那里出现了真实的事物。一幅老旧的画像，上面的人你不认识，也永远不会认出来，因为这幅画像很旧，或者因为画中人已经化为灰烬——这种适度的非故意为之给她带来了一个美好、安静的时刻。还有一根没有旗帜的杆子，笔直而沉默，竖立在夏日里——身体和面孔都看不见。要想看到，那样事物不一定非要悲伤、快乐或显眼。

存在就够了,最好是静默的,以便感觉到它的标记。上帝啊!存在的标记……但不必去找寻,因为所有存在之物都必然存在。可见即是在事物本身中惊现事物的象征。

发现令人困惑。但也带来了一些乐趣。例如,如何向自己解释,细长而尖锐的线条有标记呢?它们纤细而瘦弱。特定的时刻中,它们停下来,依然是线条,和开始时没有不同。被打断,总是被打断,不是因为终止,而是因为没有人能把它们带到终点。圆圈更完美,更不悲剧,但并不怎么打动她。圆圈是人画出来的,死亡之前就很完美,连上帝也不能完善。而线条却笔直、纤细、松散——恰如思想。

她还感到其他困惑。就这样,她想起了面朝大海的童年约安娜:从母牛的眼睛里获得的平静,从大海平卧的子宫深处得到的安宁,从人行道上僵硬的猫身上得到的和平。万物一体,万物一体……她念叨着。她的困惑在于,大海、猫、牛和她自己相互交织。她的困惑还在于,她不知道,当她还是个女孩时,她是否进入了"万物一体"之中,无论是面对大海时,还是事后想起。然而,困惑并非仅带来乐趣,而且带来了真实。在她看来,如果她能清楚地整理和解释她的感受,就会破坏"万物一体"的本质。困惑中,她不自觉地成了真理本身,这或许比认清真理更有生命的力量。这个真理,即便被揭示出来,约安娜却也不能使用，因为它不是她的茎，而是根，把她的身体绑在不再属于她的东西上，那样事物既不能琢磨，也无法触摸。

啊！有很多理由让人开心，没有笑容的开心，严肃、深刻而新鲜。她发现关于自己的事时，正是思想说话，与词语并行的那一刻。有一天，她告诉了奥塔维奥自己儿时的故事，她是玩儿大的，比其他人更知道怎么玩儿。她爱玩做梦。

"还睡着吗？"

"是的。"

"醒来吧，天快亮了。"

她做梦了吗？起初，她梦见羊，梦见上学，梦见猫在喝牛奶。后来，她梦见蓝色的羊，梦见在森林中央有一所学校，梦见猫在用金碟子喝牛奶。她的梦越来越浓，拥有词语难以溶解的色彩。

"我梦到白球从里面升了起来……"

"什么球？从什么里面？"

"我不知道，它们只是在上升……"

听完，奥塔维奥说：

"我开始觉得他们可能太早抛弃了你……你婶婶家……陌生人……然后是寄宿学校……"

约安娜想：但还有老师。她回答说：

"不……他们还能对我做什么?有了童年不是已经很好了吗?没有人能把它从我身上夺走……"现在,她开始听到了自己的声音,真奇怪。

"我一刻也不愿回到我的童年,"奥塔维奥全神贯注地说,也许是想起了和表姐伊莎贝尔与温柔的莉迪娅一起的日子,"一刻也不要。"

"我也不要,"约安娜连忙回答,"一秒钟都不想回去。我不怀念它,明白吗?"这时,她大声地、缓慢地、眩晕地说:"不是怀念,因为我现在拥有的童年比真实的童年更美好……"

是的,有很多美好的事物掺进了她的血液。

约安娜也可以同时沿着几条不同的路径思考和感受。就这样,奥塔维奥说话时,她尽管在听,却同时透过窗户,观察起一个晒太阳的小老太太,她肮脏、轻盈、敏捷,就像一根树枝迎着微风颤动。约安娜想,一根干枯的树枝上竟有那么多女性气质,如果她的身体不曾干涸,她甚至可能会生个孩子。然后,即便约安娜在回答奥塔维奥的问题,她仍然想起父亲为了逗她开心而专门为她写的那首诗,记在一本备忘录里:

玛格丽特认识维奥蕾塔,
一个是瞎子,一个是疯子,

瞎子听到了疯子说的话，

竟然看到了别人看不到的事……

就像一个轮子在旋转，旋转，搅动空气，制造微风。

即使是受苦也是好的，因为当最底层的痛苦伸展之时，人是存在的——就像一条汇入的河流。

人也可以等待即将到来的那一刻……来了……毫无预兆地冲进了现在，突然消失了……另一刻即将到来……到来……

浴　室

婶婶去付钱时，约安娜拿走了那本书，小心地把它夹在腋下，混在别的书里。婶婶的脸一下子白了。

在路上，她小心翼翼地开了口：

"约安娜……约安娜，我看到……"

约安娜迅速瞥了她一眼，没有说话。

"你没有什么要说的吗？"婶婶忍不住了，带着哭声，"我的上帝，你会变成什么样啊？"

"不要怕，婶婶。"

"但你还是个孩子……你知道你做了什么吗？"

"我知道……"

"知道……你知道大家会说……"

"我偷了那本书，你是想说这个吗？"

"但是，上帝啊！现在我不知道该怎么办了，她居然承认了！"

"是您逼我承认的。"

"你觉得能这么做吗……能偷东西吗?"

"嗯……也许不可以。"

"那你为什么……?"

"因为我可以。"

"你?!"婶婶叫了出来。

"对,我偷东西是因为我想偷。我只在我想偷的时候去偷。这没什么不对的。"

"主啊,帮帮我!那什么时候是不对的呢,约安娜?"

"当一个人偷了东西却害怕的时候。而我却既不高兴也不难过。"

婶婶无奈地看着她。

"亲爱的,你都是大孩子了,很快你就会成年……过不了多久,我们就要把你的裙子改大……我求求你:发誓不会再这样做了,发誓,以你父亲的名字。"

约安娜不解地看着她。

"但假如我说我什么都可以干,那……"多说是无用的。"好吧,我发誓,以我父亲的名字。"

后来,经过婶婶的卧室时,约安娜听到了她的声音,声音很低,夹杂着叹息。约安娜把耳朵贴在门上,头隐约从门边露了出来。

"这就是个小恶魔……以我的岁数、我的阅历，都把自己的女儿养大成家了，约安娜实在提不起我的兴趣……我们阿曼达从没惹出过任何麻烦，愿上帝保佑她，为她丈夫。我不想再管这孩子了，阿尔伯特，我发誓……'我什么都可以干'，偷完东西后她这么和我说……你想想……我脸都白了。我问费利西奥神父，征求他的意见……他和我一样害怕……啊，我不能再继续下去了！就算在家里，她也总是很安静，好像不需要任何人……她看着你，会直直盯着，仿佛踩着人一般……"

"是啊，"她的叔父缓缓地说，"寄宿学校的严格制度可能会驯服她，费利西奥神父是对的。如果我的兄弟还活着，看到她偷了东西，也会二话不说就把她送到寄宿学校……这是最冒犯上帝的罪行……但我内心深处有点痛心：她的父亲，即使对她不管不问，也会毫不心软把她送到少管学校的……我为约安娜感到难过，可怜的孩子。你知道，即使阿曼达偷了书店里的所有东西，我们也绝不会把她送走。"

"这不一样！这不一样！"婶婶骄傲地喊道，"即使阿曼达偷东西，她也是个人！但那个女孩……不值得同情，阿尔伯特！我被她害惨了……即使约安娜不在家里，我也惴惴不安。这听起来很疯狂，但就好像她在盯着我一样……知道我在想什么……有时我笑着笑着会突然停下来僵住。从今往后，在我自己的家里，在我生儿育女的房子里，我还得莫名其妙地看那个女孩的脸色……她是毒蛇。是一条冷酷的毒蛇，阿尔伯特，她不会爱也不会感恩。不必喜欢她，不必对她好。她可能会去杀人呢……"

"不要说这种话！"叔父惊恐地喊道，"如果约安娜的爸爸听到，他现在就会从坟墓里爬出来！"

"原谅我，我失去了理智，是她驱使我说出这些昏话……她是个怪物，阿尔伯特，没有朋友，也不信上帝——愿上帝原谅我！"

约安娜的手不由自主地动了一下。她似懂非懂地看着他们，很快就忘记了这件事。天花板是白色的，天花板是白色的。甚至她的双肩，她一向觉得遥远，此时却跳动着，颤抖着。她是谁？毒蛇，是的，是的，她应该逃到哪里？她并没有感到虚弱，而是被一种不寻常的热所笼罩，混着某种阴沉而暴烈的快乐。我很痛苦，这个突然的念头令她感到惊讶。我很痛苦，一个独立的意识告诉她。突然之间，这另一个存在变大了，取代了那个受苦的人。如果她继续等待着将要发生的事情，什么也不会发生……发生的事可以停止，她可以像时钟上的秒针一样空洞地敲击。她放空内心，仔细观察自己，反复审视着再次袭来的痛苦。不，她不想这样！仿佛为了阻止自己，她充满火气，扇了一下自己的脸。

她再次逃去了老师家，他还不知道，她是条毒蛇……

老师又一次奇迹般地接纳了她。他同样奇迹般地进入了约安娜那灰暗的世界，在其中轻盈地移动。

"理想的人，不是对别人有重要意义，而是在自身之中拥有更大意义。明白吗，约安娜？"

"明白了，明白了……"

他说了整整一个下午。

"动物终其一生都在追求快乐。人的一生更复杂：人终其一生在追求快乐、恐惧，特别是对间隔的不满。我说得有点简单，但没关系。你明白吗？所有的渴望都是为了追求欢愉。所有的悔恨、怜悯、善，都是你的恐惧。所有的绝望和寻求其他方式都是不满。简单来说就是这样。你明白吗？"

"我明白。"

"有些人拒绝欢愉，有些人如僧侣一样活着，在任何意义上，是因为他们有强大的欢愉能力，这是一种危险的能力——因此恐惧也会更深。只有那些害怕射击的人才会把枪用钥匙锁起来。"

"是的……"

"我说：有些人拒绝……因为有……计划，如果没有肥料，土壤里的作物永远不会茁壮成长。"

"是说我吗？"

"你？不，上帝啊……你会为了蓬勃生长而不惜杀人。"

她继续听他讲着，好像她的叔父和婶婶从未存在过，好像老师与她被隔绝在这个下午之中，隔绝在理解之中。

"不，我真的不知道我能给你什么建议，"老师说，"先告诉我：什么是好的，什么是坏的？"

"我不知道……"

"'我不知道'不是答案。要学会找到你内心的一切。"

"活着很好……"她结结巴巴地说道，"不好的是……"

"是……？"

"不好的是不能活着……"

"死亡？"他问道。

"不，不……"她呻吟着说。

"那是什么呢？你说。"

"不好的是不能活着，就是这样。死亡是另一回事。死亡无关好坏。"

"是的，"虽然并没听懂，他还是应了一声，"无论如何。回答我，比如：在你看来，谁是当今最伟大的人？"

她想了又想，没有回答。

"你最喜欢的东西是什么？"他试探着问。

约安娜的脸色亮了，她准备说话，却发现不知道该说些什么。

"我不知道，我不知道。"她绝望地说。

"怎么会？为什么你会因为快乐而笑呢？"老师惊讶地说。

"我不知道……"

他严肃地看了她一眼。

"即使你不知道谁是当今最伟大的人也没关系，虽然你其实已经认识很多伟人了。但你不了解自己的感受，这才让我不安。"

她难受地看着他。

"好吧，我在世界上最喜欢的东西是……我内心感受得到，它正在敞开……我几乎可以，几乎可以说出它是什么，但我不能……"

"试着解释一下。"他皱着眉头说道。

"这就像是……就像……"

"就像……？"他倾身向前，神情认真。

"这就像有深深呼吸的愿望，却害怕……我不知道……我不知道，这让我痛苦。这就是一切……这就是一切。"

"一切……?"老师疑惑地问道。

她点点头，哽咽了，神秘而激烈地说："一切……"他继续端详了她一会儿，她的小脸憔悴而坚强。

"很好。"

他似乎很满意，但她不知道为什么，因为实际上并没有说什么，但既然他说"很好"，她以灵魂来热切地想，既然他说"这很好"，那一定真的。

"谁是你最崇拜的人？除了我，除了我，"他补充道，"如果你不帮助我，我无法了解你，我将无法指导你。"

"我不知道。"约安娜说，双手在桌子底下拧在了一起。

"你为什么不说出一位伟人的名字呢？你至少知道十几个。你太认真了，太过了。"他不悦地说。

"我不知道……"

"好吧，没关系，"他缓和了语气，"永远不要因为对有些话题没有看法而感到痛苦。永远不要因为成为或是没有成为什么人而感到痛苦。无论如何，我想你会接受这个建议。你要习惯这样，你要习惯：你感受到的东西——比如你最喜欢什么——可能代价只是你对伟人没有精确的看法。你必须付出很多，才能获得其他东西。"他停顿了一下。

"你烦了吗？"

约安娜想了一会儿，歪着长着深色头发的脑袋，眼睛睁得大大的。

"但如果你拥有了最高级的事物，"她慢慢地说，"不是就拥有了其他一切低级的东西吗？"

老师摇了摇头。

"不，"他说，"不，不总是。有时一个人拥有了最崇高的东西，但在生命的最后一刻，他会觉得……"他侧身看着她，"他会觉得好像自己死时还是个童男。你看，可能不是一个高级与低级的问题。不同的品质。你明白吗？"

是的，她正在理解他的话，理解其中包含的一切。但尽管如此，她感觉这些话拥有一扇虚假的、遮掩着的门，穿过这扇门，她便可以找到真理。

"这些话远比你说的深，老师。"约安娜回答了他的问题。

在她做解释之前，老师突然动了一下，伸出手放在桌子上。约安娜欢愉地颤抖着，把手伸向他，红了脸。

"什么？"她轻轻地说。她爱那个男人，仿佛是一棵脆弱的草，风吹过来，鞭打着她。

他没有回答，但眼神很坚定，透着怜悯。什么？她突然感到恐惧：

"我会发生什么？"

"我不知道，"他在短暂的沉默后回答，"也许有时你会感到幸福，但不明白，那是一种很少有人会羡慕的幸福。我甚至不知道它是否可以被称为幸福。你可能再也找不到与你有相同感受的人，就像……"

老师的妻子走进房间，她身材高挑，头发短而光滑，泛着铜一般的光，算得上漂亮。她修长而美丽的大腿盲目地移动着，但充满了可怕的安全感。约安娜想，在"她"进来之前，老师要说什么？"再也找不到与你有相同感受的人，就像……就像我一样？"啊，那个女人。约安娜飞速地看了她一眼，垂下了愤怒的眼睛。老师再次变得遥不可及，手缩了回去，嘴唇低垂，无动于衷，仿佛约安娜只不过是他的"小朋友"，他的妻子是这样说的。

他的妻子走了过来，把她修长而白皙的手放在丈夫的肩膀上，那双手如打过蜡一般，但异乎寻常地吸引人。约安娜看到这一幕，产生了一种难以吞下唾液的痛苦，两个生命之间的美妙对比。他的头发仍然是黑色的，他的身体巨大得像一只比人还大的动物。

"你现在要吃晚餐吗？"妻子问。

他用手指拨弄着铅笔。

"是的，我要早点儿出门。"

他的妻子对约安娜笑了一下，慢慢走出了房间。

她仍旧感到不安，她觉得那个女人的到来再次清楚地证明，她的老师是一个男人，而约安娜甚至还不是一个"年轻姑娘"。他能意识到吗，上帝啊，他能意识到那个白皙女人有多么可恶吗？她多么擅长毁掉之前的谈话？

"您今晚上课吗？"她犹豫地问，只是为了继续说话。话音落下，她脸红了。这番话太苍白，她没有资格说……一点不像他妻子所用的语气，美丽而又宁静：你想早点吃晚餐吗？

"是的。"他回答，整理着桌子上的文件。

约安娜起身准备离开，突然，在意识到自己的动作之前，她又坐了下来，瘫倒在桌子上，捂住眼睛大哭起来。周围一片静默，她可以听到屋里有人发出缓慢而低沉的脚步声。漫长的一分钟过去了，她感到一份轻盈、柔软的重量压在她头上——一只手。是他的手。她听到自己内心空洞的声音，屏住了呼吸。她全神贯注于自己的头发上，目前这比一切都重要。头发浓密、紧张、厚实，藏在他那些奇怪的、急切的手指下。他的另一只手抬起了她的下巴，她任由自己被审视着，顺从而战栗。

"怎么了？"他微笑着问道，"是因为我们的谈话？"

她说不出话，摇了摇头。

"那是为什么呢?"他执着地追问。

"因为我太丑了。"她顺从地答道,声音卡在喉咙里。

他吓了一跳,眼睛睁大了,惊讶地看到了她的内心。

"好吧,"他努力笑了笑,"我差点忘了我正在和一个小女孩说话……谁说你很丑?"他笑着说,"站起来。"

她站了起来,心脏紧绷,意识到膝盖一如既往地发灰发暗。

"还没有完全定型,的确,但一切都会变好的,你不用担心。"他说。

她透过眼里残留的泪水看着他。怎么向他解释?她不想要安慰,他不会明白的……看到她的眼神,老师皱起了眉头。什么?什么?他不安地自问。

她屏住呼吸。

"我可以等。"

老师也屏住了呼吸几秒钟。他的声音和之前一样,但很冰冷:

"等什么?"

"等到我变得漂亮。像'她'一样。"

他的第一反应是,这是他的过错,好像一记耳光。因为他过于靠近约安娜,因为他希求,是的,希求——别逃,别逃——她那茂盛的青春誓言,那株脆弱而狂热的茎,以为可以全身而退。没等他能够控制思绪——他的双手紧握在桌子底下——它就无情地到来了：自私与衰老粗暴的饥饿感步步紧逼。啊！他多痛恨自己想到这一点。"她"，他的妻子更漂亮吗？"另一位"也很漂亮。尤其是今天晚上"另一位"也很漂亮。但是她的身体、紧张的双腿、含苞待放的乳房——奇迹啊：含苞待放，他呆呆地想，目光黑暗如夜——那里面有一种不确定，又有谁能拥有啊？又有谁如水一般清澈而清凉呢？衰老的饥饿感在步步紧逼。他惊恐、愤怒而又怯懦地退缩了。

他的妻子又走了进来。她已经换上了睡衣。她强壮的身躯此时约束在蓝色织物之下。她的丈夫长久地注视着她，表情复杂，有点愚蠢。她严肃地承受着他的目光，脸上似笑非笑，神秘莫测。约安娜缩小了，在那光彩照人的皮肤面前，她变得又小又黑。早前的耻辱感占据了她，令她无地自容。

"我该走了。"她说。

那女人——抑或只是误会？——那女人直盯着她，审视，审视！然后她抬起头，那胜利的眼神清晰而平静，甚至还带着些许同情。

"约安娜，你什么时候再来？你需要多和老师交流……"

和老师。她一边说，一边玩弄着亲密。她皮肤白皙而光滑。她不曾悲惨无助，不曾一无所知，不曾被人抛弃，不曾有脏兮兮的膝盖，像约安娜一样，像约安娜一样！约安娜站起身，她知道她的裙子很短，她的衬衫粘在那犹豫不决的小小胸部上。逃离，跑到海滩，面朝下躺在沙滩上，遮住她的脸，听海的声音。

她握了握那个女人柔软的手，握了握他的大手，那手比男人的手更大。

"你不想借这本书吗？"

约安娜转过身，看到了他。她看到了他的眼神。啊，内心中，一个发现闪闪发光。那眼神好似一次握手，那眼神看穿了她对海滩的渴望。但为什么如此脆弱，如此不快乐？究竟发生了什么？几个小时前，有人称她为毒蛇，老师在逃跑，他的妻子在等待……发生了什么？一切都在退缩……突然间，随着一声尖叫，周遭环境在她的意识中兀然耸立，在所有的细节中扩张，将人们淹没在巨浪之中……她的脚在漂浮。这个陪她度过了许多下午的房间在管弦乐的高潮中静默地闪着光，这是对她心不在焉的报复。猛然间，约安娜意识到了那个安静的房间不曾料想的魔力。它怪诞，静默，隐秘，仿佛从未有人踏足过，仿佛只是一个回忆。一切深藏不露，直到现在，它正在向约安娜逼近，包围了她，在半明半暗的暮色中闪烁。她困惑地看到了闪闪发光的玻璃柜顶上的裸体雕像，它的线条柔和地褪去，仿佛一个运动的结束。一动不动的单薄椅子发出静寂，连通她的大脑，慢慢地清空它……她听到外面匆匆的脚步声，看到那个高挑严肃的女人正在看着她，还有那个弯着腰的强壮男人。他们对她有什么期待呢？她吓坏了。她透过手指，感到了这本书的硬质封面，但遥不可及，好像有一道深渊将她自己的手分隔开来。然后怎样呢？为什么每个造物都在跟她讲话？为什么？为什么？他们想要什么？为什么总是在消耗她？眩晕如旋涡般迅速地抓住她的头，令她的膝盖弯曲。她在他们面前站了几分钟，一言不发，感受着整个房间，但为什么人们没有对她这种无法解释的态度感到惊讶呢？啊！一切都是她自己的期待，毒蛇，甚至是奇怪的东西。毒蛇。啊！痛苦与会痛的快乐。这两个人从阴影中站出来，直面着她。只有老师的目光里带着一丝惊讶。

"我感到头晕。"她用低沉的声音告诉他们，玻璃柜继续像圣徒一样闪着光。

约安娜几乎无法说话，视线仍然模糊不清，她觉察到老师妻子的身体做出了一个几乎难以察觉的动作。她们凝视着彼此，那个女人身上某些卑鄙、狂热和羞辱的东西使得约安娜开始懵懂地明白……眩晕再一次袭来！是的，这是她在那天第二次感到眩晕！像一声号角……她紧紧地盯着他们。我要离开这所房子,她激动地喊道。房间越来越封闭,她随时会唤醒男人和他妻子的愤怒!像雨一样倾盆而下,像雨一样倾盆而下……

沙滩上,她的脚埋进沙子里,又沉重地拔出来。已经很晚了,大海漆黑地翻滚着,紧张不安,海浪在海滩上互相啃咬着。风吹散了她的头发,刘海像疯了一样飘动。约安娜不再感到头晕目眩,现在有一只粗壮的手臂压在她的胸口上,非常沉重。有些事情很快会发生,她快速地想。一天内发生了第二次眩晕!那个早晨,她起床的时候,而现在……我越来越鲜活了,她朦胧地知道这一切。她跑了起来。突然间,她更自由了,对一切都更愤怒了,她胜利一般地感觉到了。然而,这并不是愤怒,而是爱。爱如此强烈,只会消耗在恨的对抗中。现在我是一条孤独的毒蛇。她记得她真的与老师分开了,那次谈话后,她再也无法回头……她觉得这一切很遥远,在一个地方,回忆起来只会带给她震惊和陌生感。独自一人……

她的婶婶和叔父已经坐在了桌旁。但无论哪位,她都会向他们说:我正变得越来越强大,我在成长,我会成为女人!不向他们,不向任何人。因为我也不能问任何人:告诉我,一切到底怎么回事?然后听到:我也不知道,就像她老师的回答。她的老师在最后一刻重新出现在她面前,向她靠近,惊恐还是凶暴,她不确定,但是她想退缩,是的,退缩。她觉得,回答并不重要。重要的是她的问题已被接受,也就存在了。婶婶会惊讶地回答:一切是指什么?如果她明白,无疑会说:一切就是这样的,这样的。现在,约安娜能够和谁谈论那些与谈论其他事物一样自然的事物,那些仅仅在场的事物?

有些事物存在,其他的不过是在场……她惊讶于这个全新的、出人意料的想法,从现在起,它将如坟墓上的鲜花一样生长。会生长、生长,会产生其他想法,而她会变得愈加鲜活。快乐刺穿了她的心,猛烈地点燃了她的身体。她把杯子握在手指之间,闭着眼睛喝水,好像那是酒,是血淋淋的荣耀的酒,是上帝的鲜血。是的,她不会向任何人解释,一切都在悄悄改变……她收起了笑容,就像一个终于关灯并决定上床睡觉的人。现在没有任何造物能够进入她的内心,与她融合。她与他人的关系同她与自己的关系越来越不同。童年的甜蜜消失于最后的痕迹中,喷泉面对外界戛然而止,她留给陌生人的足迹是无色干燥的沙子。但她在向前走,永远向前走,仿佛走在沙滩上,风抚平了她的脸,将她的头发吹到脑后。

她怎么能向他们坦言:一天内发生了第二次眩晕?即使她迫切地想要向其他人吐露她的秘密。因为她的生活中没有其他人,或许没有其他人会像老师那样对她说:你活着,之后会死去。所有人都忘记了,所有人只知道玩。她看着他们。她的婶婶玩的是一所房子、一个厨娘、一个丈夫、一个出嫁的女儿和会客。她的叔父玩的是工作、农场、象棋和报纸。约安娜试图分析他们,好像这样她就能够将他们摧毁。是的,他们以遥远陈旧的方式喜欢着彼此。在玩玩具之时,他们会时不时不安地看一眼对方,仿佛要确认对方依然存在。之后便继续回到那不冷不热的距离,偶尔才因为感冒或生日而缩短。他们应该还睡在一起,约安娜想着,却没有恶带来的快乐。

婶婶默默地把面包递给她。叔父没有把目光从盘子上移开。

食物是这个家里最关心的事,约安娜想。叔父手臂倚在桌子上,吃饭时会微微喘着粗气。因为心脏有问题,当他咀嚼时,会有面包屑漏出嘴巴外,他会茫然地盯着什么地方,注意力集中在食物在他体内产生的感觉上。婶婶的双脚在椅子下面交叠着,她皱着眉头,每吃一口脸上会浮现新的好奇,她的脸再一次焕发出活力与生动。但为什么他们今天不能放松地坐在椅子上呢?为什么他们要竭力避免餐具叮当作响,好像有人死了或是在睡觉一样?是因为我,约安娜猜测着。

在昏暗的桌子周围,在因吊灯的肮脏流苏而黯淡的光线下,沉寂在黑夜中端坐。有时约安娜会停下来,听着两张嘴咀嚼的声音和时钟轻微、紧张的嘀嗒声。这时,婶婶会抬起眼睛,手里拿着叉子,一动不动,焦急而谦卑地等待着。约安娜胜利地看向别处，她低下头，一阵莫名的深深幸福向她袭来，连同喉咙里痛苦的抽紧，连同哭泣的无能为力。

"阿曼达没有来吗？"约安娜的声音催促着时钟的嘀嗒声，引起了桌上一阵突然而急切的躁动。

婶婶和叔父偷偷地互相看了看。约安娜大声地吸了口气：你害怕她，是吗？

"阿曼达的丈夫今天不上班，所以她不来吃晚饭。"婶婶终于回答道。突然间，她满意了，继续吃了起来。叔父咀嚼得更快。寂静又一次来临，并没有融化大海隐约的嘈杂。好吧，他们没有勇气。

"我什么时候去寄宿学校？"约安娜问。

汤盆从婶婶的手中滑落，玩世不恭的深色汤汁迅速在餐桌上蔓延。叔父放下了手中的餐具，表情痛苦。

"她怎么会知道……"他结结巴巴地说，困惑不已……她在门口听到了……

湿透的桌布轻轻地冒着烟，仿佛火烧后的废墟。婶婶一动不动，仿佛被无可补救之事下了蛊，凝视着迅速冷却的溢出的汤。

水又盲又聋，然而却不哑，与浴缸明亮的珐琅相撞时，欢快地闪烁、冒泡。房间里弥漫着温暖的蒸汽，镜子上布满水雾，墙上的湿瓷砖映出一个年轻女子赤裸的身体。

身体的享受让女孩轻轻地笑了出来。她纤细光滑的双腿、她的小乳房从水面露出来。她不怎么了解自己，她还没有完全长大，仅仅从童年中浮出。她伸出一条腿，从远处看着她的脚，温柔地、慢慢地移动它，像一只脆弱的翅膀。她把双臂举过头顶，朝着沉入黑暗的天花板，闭起眼睛，没有感觉，只是运动。在半明半暗中，她的身体伸展、延长，湿润地闪着光——这是一条紧张而颤抖的线。当她放下手臂，她凝缩了，变得洁白而安全。她轻轻地笑着，长长的脖子左右晃动，头向后仰——草地永远清新，有人会去亲吻，柔软的小兔子闭着眼睛挤在一起——她再次笑起来，轻声呢喃，如同水波一般。她抚平自己的腰部、臀部，她的生命。

她沉入浴缸，仿佛这是大海。一个温暖的世界静静地、悄悄地封闭于她的上面。小小气泡轻轻滑动，直到碰到珐琅壁后破掉。年轻姑娘感觉到水重重地压在她身上，她停下片刻，好像有人轻轻地拍了拍她的肩膀。她全神贯注于感受，那是潮汐的入侵。发生了什么？她成了一个严肃的造物，有着宽阔深沉的瞳孔。她几乎无法呼吸。发生了什么？蒸汽弥漫之中，事物沉默但睁大的双眼熠熠发光。同一具预见了欢愉的身体上，有水——水。不，不……为什么？万物如水一般诞生。她搅动起来，试图逃脱。"一切。"她慢慢地说，好像交出一样东西，审视自己，却不理解。一切。这个词是和平的、一本正经的、不可理解的，像是一种仪式。水覆盖了她的身体。但是发生了什么？她喃喃自语，发出温热的融化的音节。

浴室优柔寡断，几乎是死气沉沉。物体和墙壁已经缴械投降，在水雾中软化、稀释。水在她的皮肤上逐渐冷却，她因恐惧和不适而颤抖。

当她从浴缸里出来时，她是一个不知如何去感受的陌生人。她身边什么都没有，她也什么都认不出来。她轻盈而悲伤，不急不慢地走了很久。冷风拖着冰冷的脚，跑到她的背上，但她不想玩，而是受伤一般缩着身体，不快乐。她卑微而贫穷，无爱地擦干身子，穿上长袍，好像裹在温热的怀里。她封住自己，不想看，啊！不想看，她沿着走廊行走——那长长的、红色的、黑暗的、谨慎的喉咙，她将由此进入最内部，进入一切。一切，一切，她神秘地重复。她关上了卧室窗户——不看，不听，不感觉。在寂静的床上，飘浮在黑暗中，她蜷缩起来，好像在迷失的子宫里，忘记了一切。一切是模糊的、轻盈的、沉默的。

在她身后，寄宿学校宿舍的床位一字排开。在她面前，一扇窗面朝黑夜打开。

我在雨中发现了一个奇迹，约安娜想。奇迹碎裂成厚重、严肃、闪烁的星星，就像一个静止不动的警告：像一座灯塔。它们想说什么？在它们身上，我感觉到了神秘，这闪烁是无动于衷的神秘，我听见它在我体内流淌，在宽广、绝望、浪漫的音符中哭泣。亲爱的上帝，至少允许我与它们交流，满足我亲吻它们的愿望。让我的嘴唇感受它们的光芒，感觉它们在我的身体内闪耀，令我的身躯闪亮而透明、凉爽而潮湿，就像黎明前的几分钟。为什么这些奇怪的渴在我体内出现？雨水和星星，这种寒冷而浓密的混合物叫醒了我，打开了我那葱绿而阴郁的森林之门，那处森林闻得见深渊气息，有水从中流过。它与夜晚合而为一。在这里，在窗边，空气更加平静。星星，星星，归零。这个词在我的牙齿之间裂成脆弱的碎片。因为雨水不落在我体内，我想成为一颗星星。净化我，我将拥有躲藏在雨后的全部存在。此刻，启示令我浑身疼痛。再过一瞬，它必须并非仅仅停留为启示。我不会感受到这令人窒息的幸福，恰如过剩的空气。我会清楚地感受到无能为力，对于拥有并非仅仅停留为启示之事，对于超越于启示，对于拥有事物本身——真正成为一颗星星。疯狂指引着我。但这是事实。我此刻还在宿舍里，其他女孩死气沉沉地躺在床上，身体一动不动，但这有什么关系？什么才是真正重要的？事实上，我正跪在床边，赤身裸体，我的灵魂全然绝望，仿佛只有处女的身体才能感到绝望。床慢慢地消失了，房间的墙壁在后退，失败地塌了下去。我置身于这个世界上，如同平原上的鹿一样自由、纤弱。我轻柔地站起来，就像呼出一口气，抬起我困倦的头，迈开轻盈的脚步，穿过大地、世界、时间与上帝之外的田野。我下沉，又浮出，仿佛从云端露出，从尚且不可能的大地上露出，啊！尚且不可能。从那些我尚且无法想象却终会萌发的一切中露出。我走路，滑行，向前，向前……永远，不停，转移我的渴，它因寻找尽头而筋疲力尽——我在哪里见过月亮高高挂在天上，洁白而静默？铅灰色的衣服在风中飘动。无旗的旗杆安静而笔直地立在太空中……一切都在等着午夜……我在欺骗自己，我得回去了。我并不觉得咬星星的愿望很疯狂，但地球仍然存在。因为首要的真理存在于地球和身体中。如果星星的闪烁使我痛苦，如果这种遥远的交流是可能的，那是因为我体内有一种几近星星的东西在颤动。我又回到了身体里。回归了我的身体。当看到镜子深处的自己时，我吓了一跳。我简直不敢相信我有限制，被切割，被定义。我感觉自己四散在空气中，在造物之间思考，在自我之外的事物中生活。我为镜子中的自己感到惊讶，并不是因为觉得自己丑陋或美丽而害怕，而是因为发现了另一种品质。很久没有看到我自己之后，我几乎忘记了我是人，我忘记了我的过去，从作为一个生物体的意识和目标中被解放出来。我也很惊讶，在苍白的镜子前睁大了眼睛，在我所知道的事情之外，我还藏着太多事，太多缄默的事。为什么要沉默？我衬衫下的曲线不受惩罚？为什么沉默呢？我的嘴，很有些孩子气，它对自己的命运如此笃信，仍然没有任何改变，尽管我对此完全心不在焉。有时，伴随着我的发现，我对自己产生了爱，长久地注视着镜子，对那个注视着我的人报以理解的微笑。这段时间，我质疑着我的身体，贪吃，困倦，在户外长时间散步。直到一句话、一个像镜子一样的眼神，让我惊讶于其他的秘密，那些给予我无限可能的秘密。我着迷地把身体沉入井底，让它所有的源头闭口不言，在另一条路上梦游——每时每刻我都在分析，感知由时间或空间构成的每样事物的内核。拥有每一刻，把意识和它们连接在一起，就像微小的细丝一样，几乎无法觉察，但很强韧。这就是生活吗？即便如此，它仍会悄悄溜走。另一种抓住它的方法，是活着。但是梦比现实更为完整，现实把我淹没在无意识中。最终，什么是最重要的：活着还是意识到你活着？——非常纯净的词语，晶莹的水滴。我感觉到那种闪光而潮湿的形式在我的体内挣扎。但我想说的一切在哪里？我应该说的一切在哪里？给我一些启示吧，我几乎拥有一切；我拥有轮廓，在期盼着本质；是这样吗？——一个不知道该拿自己怎么办的人该怎么办呢？把自己作为身体和灵魂来使用，谋求身体和灵魂的利益？或是外化她的力量？或者等待解决方案自发产生，就像后果一般？我看不出在形式之内还有什么。我拥有的一切都深藏于心。有一天，在终于说出了一切之后，我还能靠什么生活？或者我说的每一句话都会失去生命或超越生命？——我试图推开一切生命形式。我试图孤立自己，以便找到生命本身。然而，我太过依赖这个游戏，它安慰我，让我分心，当我抽身离开时，我发现自己无所倚仗。当我关上身后的门，我立即脱离了一切。一切都在离我而去，沉入了遥远的水中。我听到了，下落。我快乐而平和地等待着自己，我等待着自己慢慢地站起来，真真正正地出现在我的眼前。逃跑没有让我找到自己，我发现我无所倚仗，独自一人，被扔到一个没有维度的小房间里，那里的光和影都是安静的鬼魂。在我的内心，我找到了我追寻的安宁。但是，我迷失了，记不得任何人，记不得我自己，我把这种印象转变为对身体孤独的确认。如果我发出一声尖叫——我想我已经不清醒了——我的声音也会收到大地之墙那一模一样的漠不关心的回声。不去亲身经历是无法找到生活的，不是吗？但是，即便如此，在我跌入的有限的白色孤独中，我仍然被困在封闭的山峦之间。困住了，困住了。想象力在哪里？我走在看不见的轨道上。囚禁，自由。

这些是我想到的词语。然而，我觉得它们不是真正的、唯一的、不可替代的。自由是不够的。我渴望的东西还没有名字。因此，我就是一个上了发条的玩具，直到最终都不会找到更深刻的生命。我试着冷静地接受，我可能只有在细小的泉眼中才能够找到生命的意义。否则我会死于口渴。也许我不是为纯净宽阔的水域而生，而是为那些容易企及的涓涓细流。也许我渴望另一眼泉，这种急切让我的脸出现了狩猎的神情，也许这种渴求只是一个想法——仅此而已。然而，也有稀少的瞬间，我有时会获得充足、盲目的生活，会获得如同管风琴的歌唱一般强烈而宁静的快乐——这些瞬间难道不能证明我有能力实现我的追求，这渴发自我全部的存在，而不只是一个想法？况且，这个想法是真实的！我向自己呼喊。这些瞬间少之又少。昨天，在课堂上，我突然想到，毫无先兆，毫无缘由：运动解释了形式。我对完美产生清晰的认识，我感受到突如其来的自由……那天，在叔父的农场，我掉进了河里。之前，我封闭着，不透明。但是，当我站起来时，我仿佛从水中生出。我出来时浑身湿透，衣服紧贴着我的皮肤，头发散开，闪闪发光。有什么东西在我体内搅动，无疑，这只是我的身体。但在一个甜蜜的奇迹中，一切都变得澄澈透明，无疑，这是我的灵魂。在这一瞬，我完全进入了我的内心，那里一片宁静。只是我明白，这份宁静是乡村寂静的一部分。我没有感到无助。那匹曾经让我坠落的马正在河边等我。我骑上它，沿着阴影侵入下清凉无比的斜坡飞驰。我拉住缰绳，抚摸着它那温暖、悸动的脖子。我继续以缓慢的步伐前进，聆听着内心的幸福，像夏日的天空一样高远而纯净。我抚摸着我仍在滴水的手臂。我感到这匹活马离我很近，是我身体的延伸。我们都在悸动地呼吸着，如获新生。一种微微阴郁的色彩栖息在落日下温热的草地上，微风轻轻拂过。我不能忘记，我想，我曾经很幸福，我现在比任何可能的幸福都更幸福。但我忘记了，我总是忘记。

我坐在教堂里，心不在焉、迷迷糊糊地等待着。我被迫呼吸着图像散发的冷紫色的香气。突然，在我还没弄明白发生了什么时，看不见的管风琴发出完整、颤抖、纯净的声音，如同一场灾变。没有旋律，几乎没有音乐，几乎只有震颤。教堂长长的墙壁和高高的拱顶收到了音符，并有力、赤裸、激烈地弹了回去。它们刺穿了我，在我体内纵横交错，震颤充斥着我的神经，我的大脑里充满了声响。我不是在思考思想，而是在思考音乐。恍惚间，在圣歌的重压下，我从长椅上滑落下来，跪着，但没有祈祷，垂头丧气。管风琴突然陷入沉默，一如乍然开始，仿佛一个启示。我继续轻轻地呼吸，在最后的声响留下的温热而清楚的嗡嗡声中，我的身体在震颤。这一刻如此完美，因此，我既不害怕也不感谢，没有坠落于上帝的理念。现在我想死去，内心中有一样解放的事物在呼喊，不要再受苦。这一刻之后，将是更低沉更空虚的时刻。我想要上升，唯有死亡才是终点，将我带向不会坠落的顶端。人们在我周围站立，走动。我站起来，走到门口，身体脆弱，脸色苍白。

有声音的女人与约安娜

听到她的声音之前,约安娜并没有专注地注视她。那声音低沉、婉转、毫无震颤,引起了她的兴趣。她好奇地盯着那个女人。她一定经历过约安娜尚未经历过的事情。她不明白那种语调,如此出世,如此脱俗……

约安娜记得,在她结婚几个月后,她向丈夫问起一些事情。当时他们在外面。令奥塔维奥惊讶的是,还未说完,她停了下来,皱起眉头,神情戏谑。啊——她已经意识到——她其实重复着单身时经常听到的一个声音,那声音总让人有些迷惑。那是一个待在丈夫身边的年轻女人的声音。就像那一刻为奥塔维奥响起的她的声音:尖锐,空虚,语调上扬,吐字清晰。意犹未尽,兴高采烈,略带满足。她想要叫喊……明媚的日子,澄澈而干燥,无性的声音和日子,弥撒里的唱诗班男孩。某样东西失去了,正走向温和的绝望……那个新婚的音色有一个故事,一个脆弱的故事,从不为其他人察觉,但约安娜却没有。

从那天起,约安娜感觉到了声音,有些她能够理解,有些则不能。可能,在她生命的尽头,每听到一种音色,回忆的潮汐便会涌上心头,她会说:我曾经有多少个声音……

她靠向那个女人。在寻找住处时,她便来到了那女人身边,她很庆幸她丈夫没有一起来,因为孤身一人,她可以更自由地观察。在那里,是的,有一些她意料之外的东西,一个停顿。但那个女人甚至没有看她一眼。从奥塔维奥的角度来看,约安娜猜测他会觉得这个女人粗俗不堪,因为她的鼻子很大,苍白而又沉静。女人向约安娜解释着供出租的房子的便利和不便之处,同时,她的眼睛掠过地面、窗户和外面的风景,没有不耐烦,也没有任何兴趣。她穿着整洁,头发乌黑,高大、强壮。她的声音,是大地的声音。不与任何物体碰撞,柔软而遥远,像是在地底下走了很长一段路才最终到达她的喉咙。

"你结婚了吗?"约安娜追问道。

"丈夫去世了,有一个儿子。"她继续念叨着这个地区的租金。

"不,我觉得这个房子不合适。对于一对夫妻,它太大了。"约安娜匆忙说,有点粗暴。"但是,"她的用词柔和了,掩饰着她的急切,"我可以偶尔来找你聊天吗?"

女人并没有感到惊讶。她把手放在了她那因为做了母亲和运动迟缓而变粗的腰部：

"我认为不大可行……我明天要去看望我的儿子。他结婚了，我要出门了……"

她微笑着，没有喜悦，没有情绪。只是说：我要出门了。这个女人在乎的究竟是什么呢？约安娜想。她可能有一个情人……

"你一个人住吗，女士？"她问她。

"我最小的妹妹当了修女。我和另一个妹妹一起住。"

"家里没有男人，日子不会很难过吗？"约安娜继续问道。

"你觉得呢？"女士反问道。

"我问你是否这么认为，女士，不是我。我已经结婚了。"她补充说，试图给对话带来一种亲密的气氛。

"不，我不认为很难过。"她淡淡地笑了笑。"好了，请原谅，我要告辞了，反正你对这所房子也没有兴趣。我需要洗一些衣服，然后去窗口透透气。"

约安娜羞辱地离开了。精神孱弱，毫无疑问……而那声音？余下的整个下午她都无法摆脱它。她想象着那个女人的微笑，她那宽阔、安静的身体。她没有故事，约安娜慢慢意识到。因为有某些事发生在她身上，但却不是她，也并不融入她的真实存在。主线——包括过去、现在和未来——是她活着。这是叙事的背景。有时这个背景似乎消失了，闭上眼睛，几乎不存在。但只需要一个微小的停顿，一个短暂的沉默，它就涨大，出现在前景中，睁开眼睛，悄声细语，无休无止，仿佛石头之间的水。何必要更多描述？毫无疑问，从外而来的事发生在她身上。她的幻想已经破灭，得了难治的肺炎。她发生了很多事。但这只是强化或削弱了内心的私语。何必要谈论事实和细节，如果它们不曾操控于她？如果她只是一个在身躯中不断流淌的生命？

她的疑问从不会不安生地寻找答案——约安娜接着意识到。它们生来就死了，面带微笑，堆积起来，既无欲望，也无期待。她从不尝试任何走出自己的动作。

她在窗口度过了自身存在的很多岁月，看着万物经过或停下。但实际上她并没有看或听她内心的生活。她被生活的噪声迷住了——就像一个孩子轻柔的呼吸，被它美丽的光芒迷住了——就像一株新生的植物。她仍然没有厌倦存在，她很是满足，因此有时候，在巨大的幸福中，她感到悲伤仿佛毯子的阴影一般覆盖着她，让她凉爽静谧，仿佛黄昏。她无所期待。她是自己的终点。

有一次，她分裂了，很不安，出门寻找自己。她去了男女聚会的地方。大家都说：幸好她醒过来了，生命很短暂，要好好把握，以前她黯淡无光，现在她是人了。没有人知道她如此不开心，以致需要去寻找生活。就在那时，她挑选了一个男人，爱上了他，爱情浓缩了她的血液和神秘感。她生下了一个儿子，她的丈夫在她怀孕之后去世了。她继续生活，发展得很好。她把所有碎片聚在一起，不再需要其他人。她再次找到了那扇陪伴她的窗户。而此时，比以往更甚，她从不曾觉得自己是更幸福、更完整的事物或生灵。即使很多人看不起她，认为她很弱小。她的精神非常强大，因此，她从不曾在午餐和晚餐时放弃好好吃饭，然而，也没有过度的愉悦。他人的话和发生的事情对她毫无影响，一切都在她身上滑过，消失在非内心的水域中。

有一天，在不知厌倦地度过了许多个相同的日子之后，她发觉自己不同了。她累了。她来回踱步。她不知道自己想要什么。她开始低声唱歌，嘴巴闭着。然后她厌倦了，开始思考问题。但她完全不能做到。在她心里有某种东西试图阻止她。她等着，没有任何东西从她体内传给她。由于一种不充分的悲伤，她悲伤起来，因此这是双倍的悲伤。她继续走了好几天，脚步声仿佛枯叶落在地上。她精神的内壁是灰色的，看不到任何东西，除了一个倒影，就像白色的水滴滴落，这是对她旧时节奏的映照，而现在却缓慢而坚实。此时，她知道自己已经筋疲力尽，第一次感到痛苦，因为她真的分成了两半，它们面面相觑，彼此观望，希望得到对方无法给予的东西。事实上，她一直都是两个人，一个微微知道她存在，一个是存在本身。在此之前，两个人共同作用，不分彼此。现在，知道存在的那个人孤身一人，这意味着那个女人不幸福但很聪明。她试图用尽全力去创造一些东西，一种想法，以分散自己的注意力。没有用。她唯一知道的事就是活着。

存在的缺位最终使她坠入黑夜，她变得安静、暗淡、清冷，开始了死亡。然后她轻轻地死去了，像是一个鬼魂。再也不知道别的了，因为她已经死了。只能推测，她在生命的最后很快乐，就像一样事物或生灵。因为她是为了本质而出生，为了活或死而出生。一切中间介质对她而言都是痛苦。她的存在是如此完整，如此关乎真实，因此，一切终结之时，她可能会想，如果她真的喜欢思考：我从来不曾存在。也不知道她成了谁。如此美好的生活之后，必然是美好的死亡。毫无疑问，今天的她是地球的谷粒。她总是凝视着天空。有时下雨了，她的谷粒变得饱满而圆润。之后，炎热使她干涸，任何一股风都会把她吹散。现在她是永恒的。

思忖片刻过后，约安娜意识到她嫉妒那个人，那个半死不活的人向她微笑，以陌生的语气对她说话。尤其是她想到，她理解生活，因为她没有聪明到不理解生活。但是理性有什么意义呢……如果你达到理解它的程度,然而又没有发疯,就不可能把知识作为知识保存下来,而是把它转化为一种态度,一种生活态度,这是拥有和充分表达生命的唯一途径。而这种态度与那个有声音的女人所持的态度并没有什么不同。贫乏的是行动的方式。

她快速地活动了一下头部,有些不耐烦。她拿起一支铅笔,故意在一张纸上坚定地写下:"忽视自身的人格会更完全地实现自身。"是真还是假?但在某种程度上,她报了仇,把她冷酷而聪明的思想扔给了那个被生活涨开的女人。

奥塔维奥

"自深深处"[①]。约安娜在等待这个想法变得更加清晰,等待着一个轻盈、闪亮的球从雾中升起,这是一个思想的萌芽。"自深深处"。她觉得它在晃动,几乎失去平衡,永远沉入未知的水域。或者有时,它穿过云层,极速成长,几乎完全浮现……然后陷入沉寂。

她闭上眼睛,缓缓地休憩。当她睁开眼睛时,她受到了轻微的震动。在漫长而深刻的几秒钟里,她知道了,整个生命是她已经活过的和她尚未活过的生命的混合体,一切融合在一起,成为永恒。奇怪,奇怪。橙色的九点钟的光线,断断续续,远处的钢琴持续弹奏高音,在与清晨热力的交会中,她的心匆匆跳动,万物之后,凶猛,威胁,沉默悸动着,厚实而不可捉摸。

[①] 原文为 de profundis,原意为"从深处",引申义为悲痛(绝望)之余,出自《圣经·诗篇》第一百三十篇,王尔德曾以此为书命名。此处采取王尔德之书中文通译,以彰显作者与王尔德之间的影响关系。

一切都消散了。钢琴不再坚持最后的音符，片刻平静之后，回到了甜美的中音，旋律清晰、轻快。很快她就无法判断早晨的印象是真实还是只是幻觉。她集中精神去辨别……因为突如其来的疲惫，她迷茫了一会儿。她的神经不再紧绷，面容放松，感受到了对自己的一丝温柔，几乎是感激，尽管她不知道为什么。有一分钟，她觉得她已经活过了，到达了终点。然后，直到现在，一切都是白色的，就像一个空旷的空间，她可以听到很远的声音，生命的咆哮越来越近，强烈、湍急而又暴烈，高高的海浪撕裂天空，越来越近，越来越近……要淹没她，淹没她，淹死她，使她窒息……

她走到窗前，伸出双臂，徒劳地等待一阵微风来抚摸它们。很长一段时间她被遗忘了。她收缩了脸部肌肉，使得耳朵半闭，她的眼睛紧闭，几乎透不进任何光线，她的头向前伸着。一点一点地，她设法完全孤立自己。这是一种近似无意识的状态，她觉得深深沉浸在灰暗、温暖的空气中……她站在镜子前面，咬紧牙关，眼睛因仇恨而刺痛：

"那现在呢？"

她忍不住注意到自己的脸，小而明亮。她为此走了神，忘记了她的愤怒。总是有小事发生，让她从主线偏离。她很脆弱。她会因此而讨厌自己吗？不，如果她已经成了一根至死不变的树干，她会更加厌恶自己，只能结出水果而不能自己在内部成长。她想要更多：不断再生，舍弃之前她所学到与见过的一切，在新的领域重新开启自己。在那里，每一个微小的行为都有意义，每一口空气都是第一次呼吸。她有一种感觉，生活在她的内心变得越来越慢，越来越浓稠，冒着泡，像一块热熔岩。也许她爱自己。她想象在远处，一声号角突然用尖锐的声音划破夜幔，给平原自由、葱绿与广阔……然后，不安的白马颈部和腿部叛逆地运动着，像飞一般，越过河流、山脉、山谷……想到这些，她感觉凉爽的空气在体内流动，仿佛来自沙漠中间一个凉爽、潮湿、隐蔽的石窟。

但是她很快又回过神来，仿佛垂直下落一般。她检查了手臂和腿部。她就在那里。她就在那里。但是她需要转移精力，她严厉而讽刺地想。这很紧迫。因为她不会死吗？她大声笑了起来，快速地看了一眼镜子，观察笑在她脸上留下的痕迹。不，它没有点亮她的脸。她看起来像一只野猫，眼睛在炽热的脸颊上燃烧，斑驳的是黑色的晒斑，眉毛上的棕色头发蓬乱。她在自己身上看到了阴森与胜利的紫红。是什么让她如此闪耀？烦闷……是的，无论如何，在它之下有火，还有火，即便这火是死亡的象征。也许这就是生活的兴味。

再一次，不安攫住了她，纯粹的不安，毫无缘由。啊，也许我应该散散步……她闭上眼睛片刻,让自己产生一个没有逻辑的姿势或句子。她总是这样做,相信内心深深处,在熔岩之下,有一种欲望已经在向终点走去。有时候,通过一种特殊的机制,就像人进入睡眠一般,她关闭了意识的门,允许自己行动或说话,她感到惊讶——因为只有在完成的那一刻,她才会感知到那个动作——惊讶于一记自己的手打在自己脸上的耳光。有时她听到自己口中说出奇怪而疯狂的话。即使无法理解,这些话也会让她更轻快、更自由。她反复地尝试,闭着眼睛。

从内心深深处,经过片刻的沉默和放弃之后,它出现了,起初苍白、犹豫不决,然后变得更强壮、更痛苦:从深深处,我呼唤你……从深深处,我呼唤你……从深深处,我呼唤你……她静静地待了几分钟,面无表情,懒散而疲倦,好像生了一个孩子。渐渐地,她获得了重生,慢慢睁开眼睛,回到了白昼。她很脆弱、轻快地呼吸,就像久病初愈的人感受到第一阵微风时一样快乐。

接着她开始想到,其实她在祈祷。不是她自己,而一个在她之上,并不为她所了解的生命在祈祷。但我并不想去祈祷,她再次虚弱地重复着。她并不想,因为她知道这只是一剂药。但这药如同吗啡一样,可以减缓任何疼痛。像吗啡一样,需要不断增加剂量,才能感受到它。不,她还没有疲惫到想要怯懦地祈祷，而不是去发现痛苦，去忍受痛苦，完全拥有痛苦，以便能够理解所有的神秘。即使她做了祈祷，又会如何？……也许最终她会去修道院，因为几乎所有吗啡都不够填补她的饥饿。那将是最终的退化，成为恶习。然而，倘若自然而然，倘若不去寻求外在的神，她最终会神化自己，会探索自己的痛苦，爱上自己的过去，在自己的思想中寻求庇护和温暖，那时，在对艺术品的渴望之中，思想已然出击，之后，会在饥荒时充当填饱肚子的过期食品。这里有一种在痛苦中建立自己并在其中组织自身的危险，这是一种恶习，也是一剂镇静剂。

该怎么办？怎么做才能打断这条道路，在她和她自己之间插入间隔，好让她可以毫无危险地再次发现自己崭新而纯粹？

该怎么办？

钢琴故意以强烈、均匀的节奏敲击着。她想，练习。练习……是的，她发现这很有趣……为什么不呢？为什么不尝试去爱？为什么不尝试生活？

纯粹的音乐产生于无人之境，奥塔维奥做着梦。依然没有形容词来形容这种律动。那是无意识的律动，像是在又盲又聋的树木中与小小昆虫中跳动的原始生命，从出生、飞翔到死亡与重生都无人见证。当音乐转折、发展，黎明、强烈的白天和夜晚在活着，连同交响乐中一个不变的音符，那便是转变的音符。音乐不以事物、地点与时间为支撑，与生命与死亡有着同样的色彩。理念中的生与死，与快乐和痛苦隔绝。它远离人世，可以融入寂静。寂静。寂静，因为这种音乐将成为必要之物，是唯一可能之事，物质激动的投射。同样，人不会听到这样的音乐，因为人不会理解或感知物质，除非感官与它发生碰撞。

然后呢？他想。闭上眼睛听自己的声音，它如泥泞的河流一般缓慢而浑浊。懦弱是温热的，我屈服于它，放下二十七年思考给予我的所有英雄武器。今天，在这一刻，我是谁？一片扁平而沉默的叶子落在地上。没有一丝空气吹动它。几乎不呼吸，以免惊醒自己。但为什么，为什么不使用自己的词语，蜷缩起来，依偎在图像中？我不过是一个双臂交叉的男人，为什么要把自己称作一片枯叶？

再一次，在他徒劳推论的间隙，一种疲惫感向他袭来，一种坠落的感觉。祈祷吧，祈祷吧。跪在上帝面前叩问。叩问什么？啊！救赎。如此宽泛的词，充满了意义。他没有罪——还是有罪？什么罪？他知道他有，但他依旧认为——他没有罪，但他多么希望获得救赎。上帝把宽大肥厚的手指放在他的额头上，给他赐福，仿佛慈父一般，由大地和世界造就的父亲，包含一切，一切，不漏掉任何一个微粒，它可能在后面对他这么说：是的，但我不会原谅你！那时，所有事物扑向他的无声指责会戛然而止。

他到底在想什么？他一动不动地和自己玩了多久？他随便动了动。

表姐伊莎贝尔进来了。"有福了，有福了，有福了。"她用匆忙而近视的眼睛在说，急着离开了。只有当她坐在钢琴前时，她才会放下外国人的神气。奥塔维奥像小时候一样蜷缩着。然后，她笑了，变得亲切，甚至失去了穿透一切的气势。她获得了平坦的品质，更为平易。她坐在钢琴前，嘴唇灰白而衰老，弹奏着肖邦，肖邦，特别是全部的华尔兹。

"我的手指都硬了。"她自豪地说，她可以凭记忆去弹奏。她一边说话，一边突然向后甩头，仿佛咖啡馆的舞女一般卖弄风情。奥塔维奥脸红了。妓女，他心想，然后立刻做出一个痛苦的动作，抹掉这个词。但他怎么敢？他记得她的脸关切地靠向他，关心他的胃痛。我厌恶她就是因为这点，他毫无逻辑地想。而且总是为时已晚：思想领先于他。妓女——好像用鞭子抽打自己。然而，即便之后他后悔了，他也再一次犯了罪。多少次，还是孩子的他，在入睡前的瞬间，会突然意识到表姐伊莎贝尔正躺在床上，毫无困意，或许坐起来了，灰白头发梳成辫子，厚布睡衣像处女一样严严实实。他感到悔恨就像酸液一般，在他体内蔓延。因为不能爱她，他愈加恨她。

她无法像过去那样轻柔地从一个音符跳到另一个音符，仿佛晕厥。一个音紧紧贴着另一个音，刺耳，切割，华尔兹软弱地爆出，不连贯，很难听。有时，那座老钟缓慢而空洞的钟声将这个乐曲切分成不对称的小节。奥塔维奥在等待下一个高潮，心在悸动。这些乐段仿佛在沉默而甜蜜的疯狂舞蹈中沉淀了一切。那些无情地切分音乐的节拍，总以同样清冷而微笑的声调，将他抛向自身，仿佛进入无所依凭的真空中。他端详着表姐僵硬的背部，她的手——两只黑色的动物跳跃在发黄的琴键上。她转身，对他说话，出于纯粹的欣悦，轻轻地给出了这句话，仿佛抛弄一朵花：

"你怎么了？我要弹一首更开心的曲子……"

接着传来了一首华尔兹，它天真而紧张，他不记得曾经听过，却神秘地连结了回忆中的往日段落。

"别弹这首，表姐，别弹这首……"

太可笑了。他很害怕，他请求原谅，因为他不会因为她的音乐而欣喜若狂；他请求原谅，因为他从小就一直觉得她难以忍受，她身上旧布料的味道、年深日久的珠宝气味，看到她准备"抗病茶"时，听到她承诺会给他弹奏美妙的音乐，如果他好好学习。他又一次看见她离开了房子，灰色的皮肤上搽着淡淡的白粉，大圆领露出她的脖子，上面血管悲惨地隆起。小女孩穿的平底鞋，雨伞灵活使用，有时作拐杖。他请求原谅，因为他希望——不，不！——希望她最终死去。——他颤抖了，开始出汗。但这不是我的错！哦，离开吧，去写那本关于民法的书，摆脱那个可怕的、令人厌恶的亲密的人类世界。

"我要弹《春之絮语》了……"伊莎贝尔说。

是的，是的。我想要春天……帮帮我。我快要憋死了。荒诞不经的春天更春意盎然、喜气洋洋。

"这首曲子就像一朵蓝色的玫瑰。"她说，半对着他，坏坏地笑着。在她干燥的皱纹丛生的脸上，突然涌出了一股沙漠中的甘泉，两颗微小的晶莹在她枯萎的耳朵上颤动着，两颗微小而湿润的水滴，闪闪发光。啊，它们过于新鲜，过于娇艳……这位年长的女士很富有。但是，如果她戴着这些耳坠，一定是出于一个他永远不会知道的原因：她自己买了宝石，镶嵌在耳环里，戴着它们，如同两个幽灵，藏在她毛躁的灰色头发下。

这首曲子就像一朵蓝色的玫瑰，她说时便清楚地意识到只有她才能理解。根据经验，他知道应该向她询问这首歌的含义，并耐心地给予她回答的乐趣，他咬了咬上嘴唇：

"啊，是我该去了解的。"

但这次，之前的激动人心的游戏并没有发生。他只是避开不去看她,不与她的失望连通。他起身去敲未婚妻的门。

她在窗边缝东西。他关上门,用钥匙锁住,跪在她旁边。他把头靠在她的胸前,再次吸吮着那温热甜美的陈年玫瑰香水味道。她一直微笑,心不在焉,几近神秘,好像是在聆听胸中一条河流的缓缓流淌。

"奥塔维奥,奥塔维奥。"她的声音甜美而遥远。

那所房子的人没有一个是活着的,无论是他单身的表姐,或是莉迪娅和仆人,奥塔维奥想。不对,他对自己说:只有他死了。幽灵,幽灵,他继续说道。声音缥缈,听不出希望与幸福。

"莉迪娅,"他说,"请原谅我。"

"原谅什么?"她问道,隐约感到不安。

"一切。"

她依稀觉得应该到此为止,没有再说什么。

奥塔维奥,奥塔维奥。与其他人交流要简单得多。如果不是深爱他,忍受对他的不理解该有多难?忍受这一切的隔阂该有多难?只有在亲吻时,当奥塔维奥把头靠在她的乳房上,他们才能相互理解。但生命很漫长,她担忧地想。有时,她会直直地看着他,而她的手却无法企及他。这样——沉默会压下来。他总是与她分隔,仅在某些重要时刻与她相通——活得很苦的时刻与死亡威胁的时刻。但这还不够，还不够……正是为了生活中的其他时刻，共同生活是必要的，她惊恐地思考着，努力推论着。对奥塔维奥，她只说非说不可的话，好像他是一个行迹匆忙的神。如果她在漫无目的闲谈中说个不停——她很享受这样——会注意到他的不耐烦，或那张过度耐心的英雄一般的面容。奥塔维奥，奥塔维奥……该怎么办？他的接近有一种魔力，使她变成了一个真正活着的存在，根根纤维都在呼吸鲜血。不然，她不会被他触动。他对她施了催眠术，他的到来仿佛只是为了安安静静地完善她。

她知道，审视自己的命运毫无意义。从奥塔维奥爱上她的那一刻起，她就爱上了他，那时他们还小，沐浴在伊莎贝尔快乐的目光下。她将永远爱他。她的脚步只引她走向这唯一的路途，选择其他路毫无意义。即使他伤害了她，她仍然庇护在他这里来反对他。她太软弱了。她了解自己的弱点，但并不痛苦，她很开心：她隐约知道，无须解释，正因为此，她才会支持奥塔维奥。她觉得他是痛苦的，掩藏着灵魂里生出了鲜活而病态的东西，只有利用沉睡于她的存在中的全部的委曲求全，她才能帮助他。

有时候她也会徒劳地反抗：一辈子很长……她害怕那些日子，一日复一日，毫无惊喜，全身心为一个男人付出。为了一个不惜利用妻子的一切能量来给自己取暖的男人，这是一种平静而无意识的牺牲，牺牲了所有不属于她自己的个性。这是一场虚假的反抗，是一种对胜利的极度恐惧的解放尝试。有那么几天，她试图采取一种独立的态度，但她只是在早上刚刚醒来还没看到他的时候取得了一些成功。只要他一出现，哪怕只是预感，她的整个自我就会被否定，陷入等待。晚上，独自在房间里，她需要他。她全部的神经、全部虚弱的肌肉都在渴望他。所以她认命了。认命甜蜜而清新。她生来是为了认命。

奥塔维奥看着她的黑发，谨慎地束在大而丑陋的耳朵后面。他看着她那如同树干一般厚实健壮的身体，和她坚实美丽的双手。又一次，就像一首歌轻柔的副歌，他重复道："是什么将我和她相连？"他为莉迪娅感到难过，他知道，即使没有任何动机，即使没有见过其他女人，即使她是那个唯一，有一天他也会离开她。甚至可能就是明天。为什么不呢？

"你知道吗？"他说，"昨晚我梦见了你。"

她睁开眼睛，整个人都被点亮了：

"真的吗？是什么样的梦？"

"我梦见我们两个在田野里漫步。满是鲜花，我为你采摘百合花，你穿的一身衣服都是白色的。"

"多么美丽的梦……"

"是的,非常美……"

"奥塔维奥。"

"嗯……?"

"你介意我问吗?我们什么时候结婚?没有什么能阻止我们……我需要知道,因为要准备嫁妆。"

"只为这个吗?"

她脸红了,很高兴能说些话,装点一下。她笨拙地尝试更轻松:

"是为这个……而且,我不想再等下去了。太难了。"

"我理解。但我也不知道什么时候。"

"但为什么不是现在呢?你应该做出决定……都这么久了……"

突然奥塔维奥起身说:

"你知道这是个谎言吗?我并没有梦见你。"

她惊恐地看着他,脸色苍白。

"你在开玩笑……"

"不,我是认真的。我没有梦见你。"

"你梦到谁?"

"没有人。我一觉睡了过去,没有做梦。"

她又一次开始了缝纫。

约安娜把手放在狗隆起的腹部，用细长的手抚摸着它。她把手收了回来，似乎觉察到了什么。

"它怀孕了。"她说。

她的目光里与她轻抚狗的身体的手中有某种东西，将她与现实直接相连，令她赤裸地暴露着。好像两者合为一体。她们在那儿，女人和狗，活着，赤身裸体，她们的共融散发着狂暴。她的语言精准得可怕，奥塔维奥不安地想，突然感到自己很没用、娘娘腔。而这只是他第一次见到她。

他注意到，她身上有一种坚硬而晶莹的品质，吸引着他，但同时也令他厌恶。包括她走路的方式。她对自己的身体毫无温柔和快乐，只是冷冷地把自己杵在每个人的眼前。奥塔维奥看着她的一举一动，意识到她的外表根本不是他喜欢的类型。他喜欢身材娇小丰润、没有想法，或是身材高大、安静沉默的女人，就像他未婚妻一样。无论他说什么，她们都会言听计从。约安娜的线条很脆弱，如同草图，令人不舒服。它充满意义，还有她的目光，过于炽热。她不漂亮，太瘦了。她的感官体验也应该与他的完全不同，过于光辉夺目。

从遇见她的那一刻起，奥塔维奥就试图不错过她的任何细节，他对自己说：不要让任何温柔的感觉在心中结晶；我需要好好观察她。然而，仿佛已猜到他的审视，约安娜就在恰当的时刻转向他，微笑着，冷冷地，毫不被动。他乱了方寸，不知所言，糊里糊涂、迫不及待地想要臣服于她，而不是逼她暴露自己，在他的力量中摧毁自己。尽管她无视一切平凡之事，但在第一面，她便催促于他，她把他抛入自我之中，狠心地忘记了那些支撑他、方便他与别人交流的微小而舒适的公式。

约安娜告诉他……

……那个老头走了过来，摇晃着胖胖的身体，脑袋圆圆的。他走到她身边，嘴唇噘着，眼睛圆睁，声音带着哭腔。他用孩子的口吻说：

"我有个伤口……痛痛……我乖乖地吃了药，好点了。"

他翻了个白眼，肥肉颤抖着，湿润下垂的嘴唇微微发光。约安娜稍稍俯身，看到了他空洞的牙龈。

"你想说我很可怜吗？"

她认真地盯着他。他面不改色：

"你是要叫我'小可怜？'吗？"

他低矮的身子、突出的屁股、睁大的眼睛，任何一个人看到都又想笑又困惑。她沉默着。然后，慢慢地，用相同的语气说：

"可怜的家伙。"

他笑了，以为玩笑结束了，转向门口。他一离开桌子，约安娜的目光就跟随着他，她微微前倾，好能完全看见他。她直接而冷漠地面对着他，眼睛睁着，目光清晰。她瞥了一眼桌子，搜寻了一会儿，拿起一本厚厚的小书。就在他把手放在门闩上时，后脖子被书砸了，力气很大。他转过身，用手捂住头，眼睛睁得大大的，痛苦而又震惊。约安娜一动不动。好吧，她想，现在他那令人讨厌的神气全没了。一个老人就应该受苦。她用洪亮而友好的声音说：

"原谅我。门上有一只小蜥蜴。"短暂地停顿了一下。"我打偏了。"

老人一直不解地看着她。看到她的笑容，一种模糊的恐惧笼罩了他。

"再见……没关系……上帝啊！再见……"

门关上后，她的脸上露出一丝笑容。她微微耸了耸肩，走到窗前，目光疲惫而空虚：

"也许我应该去听音乐。"

"是的，这是真的，我用书砸了他。"约安娜回答了奥塔维奥的提问。

他试图扭转局面：

"但你没有告诉他这一点！"

"是，我撒了谎。"

奥塔维奥端详着她，试图找到些许悔恨的迹象，但却是徒劳。

"只有等我活得越久，经历得越多，我才能不在乎人类，"约安娜有时会这么对他说，"人类——我。人类——分散的个体。要忘掉他们，因为与他们有关系只会伤我的心。和他们在一起，你来我往的总是那些老套的说辞，'友爱'，'正义'。假如这些词语有任何实际价值，那不是因为它们是三角形的顶点，而是基座。它们是条件而不是事实本身。然而它们最终占据了我们所有的精神和情感空间，因为它们无法实现，违背自然。尽管如此，对于人生活的乱交状态而言，它们是致命的。在这种状态中，恨变成了爱，但其本质不过是一种对爱的向往，不过是纸上谈兵，就像基督教。"

哦，饶了我吧，奥塔维奥吼道。她本想停下来，但她感到疲惫，而这男人的出现又令她兴奋，于是变得滔滔不绝。

"不在乎人类是很难的事，"她接着说，"人很难从那种革命失败——青春期——的氛围中逃脱，很难在同样的无能为力中与人保持团结。然而，能建立一样纯粹的事物，摆脱升华的假爱，摆脱无法去爱的恐惧，该有多么美好……对无法去爱的恐惧，比对无法被爱的恐惧更糟糕……"

哦，饶了我吧，约安娜听到了奥塔维奥的沉默。但与此同时，她喜欢大声思考，喜欢在没有计划的情况下展开思考，然后继续。有时，纯粹是出于快乐，她臆造起思考：如果石头掉下去，那么它是存在的，有一股力量使它掉下去，它从一个地方掉下去了，它在一个地方掉下去了，它在一个地方掉下去了——除了事实的神秘，我认为一切都没有逃脱事实的本质。但现在她说个不停，因为她不知道该如何适应，不知道为什么，但她感觉奥塔维奥可能会拥抱她，给她带来安宁。

"有天晚上，我刚刚躺下，"她告诉他，"床的一条腿塌了，我被摔到了地上。一阵躁动之后，我困意全无，无法安睡，我突然想：为什么不是整张床，而只是一条腿？我躺下，很快就睡着了……"

她不漂亮。有时，他觉得她的灵魂抛弃了她，那些之前没有被他那过人的洞察力所捕捉到的一面显现了出来。那时，浮现在她脸上的那些贫乏平庸的五官毫无美感可言。她曾经的神秘感早已荡然无存，唯有皮肤依旧白皙、暗淡、难以捉摸。如果被弃的时间加长、接续，他会惊讶地看到丑陋，不仅是丑陋，而是一种卑鄙和粗鲁，一种盲目而无法求救的东西占据约安娜的身体，将她分解。是的，是的，也许那时，从无法去爱的恐惧中有某种东西释放出来，浮到表面。

"是的，我知道，"约安娜继续说道，"感受和词语之间的距离。我思考过这个。而且最奇怪的是，在我试图说话的那一刻，我不仅没有表达我的感受，而且我的感受慢慢变成了我所说的一切。或者至少促使我行动的不是我的感受，而是我的话语。"

她提到了老人，提到了怀孕的狗，而他们不过刚刚认识，他突然惊恐万分，感觉像是做了告解，好像把一生都讲给了这个陌生人听。什么一生？那在他体内翻腾的一生，那一切什么都不是，他反复对自己说，害怕把自己视作一个伟大的、有责任感的人——他什么都不是，什么都不是，什么都不需要做，他重复着，精神性地闭着眼睛。这仿佛把他在黑暗中才能感受到的一切告诉了约安娜。最令人惊讶的是：她似乎真的听到了，然后她笑了，宽恕了他——不像上帝，而像魔鬼——敞开心门让他进来。

尤其在触碰到她的这一刻，他明白了：发生在他们之间的一切将一发不可收拾。因为在拥抱她时，他感觉怀里的她突然活了起来，如同流水一般。看到她如此鲜活，他明白了，痛苦而又暗中开心，如果她想要得到他，他将束手就擒……他终于吻了她，他突然感到了自由，他被宽恕了，在对自己的全部所知之外，在位于全部的他之下的一切中……

自此，他别无选择。他晕头转向地从莉迪娅跌到了约安娜身上。知道了这一点，他帮助自己爱上她。这并不难。有一次，她漫不经心地看向窗外，嘴唇放松，忘却了自我。他叫她，她以温柔而忘我的方式转过头来，说：怎么了？这让他不能自拔，陷入了一阵愚蠢而黑暗的爱潮之中。奥塔维奥转过脸去，不愿面对她。

他可以爱她，可以接受她带来的崭新而又无法理解的冒险。但他仍然执着于那股把他抛向她身边的最初的冲动。不是因为她是个女人，他并非因此才爱她……他需要她冷漠和自信。这样，他可以像小时候一样，逃难一般而又胜利地说：这不是我的错……

他们会结婚，分分秒秒都能看到彼此，也许她会比他更糟糕。但更坚强，教会他不要害怕。包括无法去爱的恐惧……他爱她，并非为了与她一起生活，而是为了她让他活下去。活着，关乎自己，关乎过往，关乎那些懦弱地犯下并懦弱地继续犯的小小劣行。奥塔维奥以为，和约安娜在一起，他可以继续做一个罪人。

奥塔维奥吻她时，抓住了她的手，将它们按在她的乳房上，约安娜起初愤怒地咬了下嘴唇，因为她仍然不知道怎么思考这种暴烈的感觉，就像一声尖叫，从她的胸中升起，直到让她头晕。她看着他但是看不清，眼睛浑浊，身体痛苦。他们需要说再见。她粗暴地离开了，头也不回，毫无留恋。

在卧室里，她脱了衣服躺在床上，无法入睡。她感觉身体很沉重，像个陌生人一样，存在于她之外。她感到身体悸动、焦灼。关了灯，闭上眼睛，她试图逃跑，睡觉。但是她继续省察了好几个小时，看着血液在她的血管中浓稠地拖行，就像醉酒的动物。她在思考。好像直到那时她才认识了自己。那纤细的身材，那细腻的青春线条，一切都舒展开来，挣扎着呼吸，充满自身，直至极限。

黎明时分，海风吹拂着床，挥动着窗帘。约安娜逐渐平静下来。夜晚的凉爽抚摸着她酸痛的身体。疲倦慢慢地侵袭着她，突然，她筋疲力尽，陷入深深的睡眠。

她很晚才醒，十分开心。想象自己的每个细胞都在发光。她所有的能量都奇迹般地被唤醒，蓄势待发。当想到奥塔维奥时，她小心翼翼地呼吸，仿佛空气会伤害她。在接下来的日子里，她没有见到他，也不想见到他。她避开了他，好像他的存在是可有可无的。

她既是肉身，又是纯粹的灵魂。她穿过非物质的事件与时刻，以瞬时的轻盈潜行其中。她几乎什么都没吃，她的睡眠像面纱一样薄。她每晚都会醒来几次，不是因为惊吓，在思考之前她准备好了微笑。她再次入睡，没有改变姿势，只是闭上了眼睛。她经常在镜子里寻找自己，爱上自己，但不是因为虚荣。那安静的皮肤、生动的嘴唇使她几近羞怯地转过身去，没有力量支撑她面对那个女人，如此新鲜、湿润，如此柔软的明确与自信。

然后幸福停止了。

完满变得痛苦和沉重，约安娜像是一片即将下雨的云。她无法呼吸，好像体内没有空间给空气。她来回踱步，对这种变化感到困惑。为什么？——她问自己，感觉自己很天真，那一切有两个面？痛苦的原因正同时令她感到幸福到可怕？

这些天里，她拖着痛苦的身体，上面有不舒服的伤口。轻盈已被痛苦和疲惫所取代。她是饱足的——仿佛把身体淹没在水中解渴的动物。但她感到焦虑和不快，好像仍有土地尚未被浇灌，干旱缺水。最重要的是，她因缺乏理解而痛苦，独自一人，不知所措。直到她把前额靠在窗玻璃上（安静的街道，黄昏的到来，外面的世界），她才察觉到自己的脸湿了。她放声大哭，好像这可以解决一切。硕大的泪珠滚落，她的面部肌肉一动不动。她哭得更厉害了。之后，她觉得自己仿佛回到了她的真实比例，微小，枯萎，卑微。平静的空无。她准备好了。

然后她去找他。新的荣耀与痛苦更加强烈，更加难以忍受。

她结婚了。

爱情确认了一切旧的事物，之前她只知道它们存在，但从没接受或感觉过。在她的脚下旋转的世界里，人有两种性别，一条线连着饥饿与满足，动物的爱，流向海洋的雨水，成长中的儿童，种在土里的芽会长成植物。她不能再否认了……否认什么？她质问道。万物那发光的中心，支撑一切的确信，隐藏在她所不理解的事物之下的和谐。

她在一个崭新的早晨醒来，甜蜜而鲜活。而她的快乐就像太阳在水中的反射一样纯净。一切事物都在她的身体里跃动着，像是小小水晶针碎掉。在经历了一些短暂而深刻的时刻后，她平静地生活了很久，去理解，去接受，去对一切认命。她好像是真实世界的一部分，但又刻意与外界保持着距离。虽然在这段时间里她仍在尽力为人们提供友情，这是他们感觉到的活水之源。他们向她讲述着自己的痛苦，但她，尽管没有听，没有思考也没有说话，却目光和善——明亮而神秘，如同孕妇一般。

发生了什么？她奇迹般地活着，从所有的记忆中解脱。所有过去已经化为云烟。而现在也被薄雾笼罩，甜蜜凉爽的迷雾将她与坚实的现实分开，阻止她去接触。如果她祈祷，如果她思考，那是为了感谢拥有一具为爱而生的身体。唯一的真实变成柔软，她深陷其中。她的脸轻盈而模糊，飘浮在其他不透明的自信的脸上，好像仍然无法在任何表情中获得支撑。她的所有身体和灵魂都失去了边界，混合在一起，融合成一种混乱、柔和、无形、缓慢而模糊的运动，就像仅是活着的物质。这是完美的更新，这是创造。

她与大地的关系如此之深，她的信念如此坚定——关于什么？关于什么？——现在她可以撒谎而不会露出破绽。有时，这一切使她思考：

"天哪，如果爱不是生命的全部呢？"

她渐渐习惯了自己的新状态，习惯了呼吸、生活。她一点一点地在内心老去，睁开眼睛，又变回了一尊雕像，不再可以塑形，而是确定的。远处，不安再次出生。晚上，裹在被子里，她会被一个动作或一个意想不到的想法唤醒。她有点惊讶地张开眼睛，发觉身体正沉浸在舒适的幸福中。她并不感到痛苦，但她在哪里？

"约安娜……约安娜……"她温柔地呼唤自己。她的身体缓慢地、微弱地回答："约安娜。"

日子一天天过去了，她渴望更多地寻找自己。现在她用力地呼喊自己，呼吸对她来说还不够。幸福正在将她抹杀，抹杀……她想要再次感受自己，即便这是痛苦的。但她越陷越深。明天，她拖延着，明天我会找到我自己。然而，新的一天从她的表面轻快地掠过，像夏日的午后一样轻盈，几乎没有触动她的神经。

她唯一不习惯的就是睡觉。睡觉是每晚一次的冒险，从轻快的明媚坠入同样的神秘，阴森而清冷，穿越黑暗。死去，然后复生。

我永远不会找到前进方向，结婚几个月后，她想。我从一个真相滑向另一个真相，总是有了后者就忘记前者，总是不满意。她的生活是由完整的小生命组成，那些是完整的圆圈，完全封闭，彼此孤立。只是在每一个生命的终点，约安娜并非死亡，并重启于另一个无机或低等有机的层面，而是在人类的层面重新开始。只是基本音符有所不同，或者，不同的只是补充音符，基音却始终如一？

过得幸福或者不幸都毫无意义。爱过，也毫无意义。没有一种幸福或不幸会强烈到改变了她的物质组成，给她指出了一条唯一的道路，仿佛必须成为真正的道路。我总是不断地重启，打开又关闭生命之环，把它们扔到一边，任其枯萎，充满着过去。为什么它们如此独立，为什么不合为一体，做我的依靠？它们各自都太过完整。那些瞬间如此强烈、鲜红、浓烈，无须过去或未来就能存在。它们带来了一种无法充作经验的知识——一种直截了当的知识，更像是感觉，而不是知觉。当时发现的真实是如此之真实，唯有在其容器与引发它的事实中才能存活。如此真实，如此致命，只在于其母体中生活。一旦生命结束，它的真实性也会消失。我无法塑造它，让它去激发其他相似的瞬间。我不被任何事牵扯。

然而，她这短暂的荣耀所拥有的依据可能并没有任何价值，只是给了她思考的乐趣，比如：如果一块石头掉下来，那块石头就是存在的，那块石头是从一个地方掉下来的，那么这块石头……她经常是错的。

第二部

婚　姻

　　没有任何预兆，约安娜突然记起那次独自站在楼梯顶端时的场景。她不知道自己是否曾经真的站在楼梯顶端，俯视着一群忙忙碌碌的人，他们穿着缎子衣服，拿着大扇子。极有可能的是，她并未经历过这些。比如说扇子，她对此毫无印象。假如仔细去回忆，她实际看到的并不是扇子，而是闪亮的斑点在法语单词中游来游去，嘴唇一起小心翼翼地低语，向前，仿佛从远方而来的亲吻。这扇子开始时是扇子，结束时是法语单词。荒唐。这是个彻彻底底的谎言。

　　尽管如此，印象却径直向前，好像在楼梯和扇子的背后藏着那件主要的事情。她停了下来，只有眼睛在快速跳动，搜集着感觉。啊，没错。她走下大理石楼梯，感到脚底因为害怕滑倒而变得冰凉，手心冒着热汗，腰间的丝带收紧了，像轻型起重机一样向上拉着她。接着是新布料的气味，一个男人闪亮、好奇的目光穿透了她，他离她而去，仿佛在黑暗中按下一个按钮，照亮了她的身体。她浑身肌肉绷成条状。思想从这些如同抛光的绳索般的线条中穿过，直达她的脚踝，颤抖着，她那里的肉像鸡肉一样柔软。

她停在最后一级台阶上，脚下的台阶是宽阔而安全的，她轻轻地将手掌放在冰冷光滑的扶手上。不知道为什么，她感到突如其来的快乐，近似痛苦，心中涌起一阵虚弱，仿佛是由面团做成的，有人将手指浸入其中，轻轻地揉捏它。为什么？她无力地举起手来，表示拒绝。她不想知道。但是现在这个问题已经向她袭来，作为一个荒谬的回答，闪闪发光的扶手巧妙地从高处延伸下来，像一条狂欢节彩带。只是当时不是狂欢节，舞厅里一片寂静，可以透过它看到一切。吊灯在镜子上打出潮湿的反射，灯火荏苒中，沿着细细的光线，女士的胸针辉映着男士的皮带扣。

她越来越了解这个环境。在男人和女人之间没有坚硬的空间，一切都柔软地融为一体。从某个看不见的加热器里升起一股潮湿的、刺激的蒸汽。她的心再一次感到疼，她笑了，鼻子皱了起来，微弱地呼吸着。

短暂地休息。她开始慢慢回到现实，尽管她做了与之相反的努力。现实中，她的身体又一次无知无觉、混沌强壮，如同一个存在已久的事物。她观察着卧室，窗帘讽刺地舞动着，床顽固地一动不动。她小心翼翼地试图回到楼梯的顶部，然后再走下来。她看到自己在走路，但不再感到腿在颤抖，也感受不到双手的汗水。她知道，她已经清空了记忆。

她在书架旁边等待着，她来这里是为了找……什么？她兴致索然地抬了抬眉毛。什么？她觉得自己的额头中央现在有一个洞，她要寻找的想法被从这个地方取走了。她试图用这个念头来逗自己笑。

她靠向门，闭着眼睛，大声问道：

"你到底想要什么，奥塔维奥？"

"那本《公法》。"他说，在把注意力转回到他的笔记本上之前，他惊讶地瞥了她一眼。她漫不经心地把书递给他，动作慢悠悠的。他迫不及待地伸出手，没有抬头。书被递到离他不远的地方时，她拖延了一会儿。但是奥塔维奥并没有注意到她的停顿，她的肩膀微微动了一下，把书递给了他。

她拘束地坐在旁边的椅子上，仿佛准备马上离开。但什么也没发生，于是她一点点靠回扶手椅，身体放松，目光空洞，大脑一片空白。

奥塔维奥仍然在看《公法》，他停在某一行，不耐烦地咬着指甲，然后一下子快速地翻几页。直到他再次停下来，心神不宁，舌头舔着牙齿的边缘，一只手轻轻地拉着他的眉毛。有些词定住了他，他的手停在半空中，嘴巴张得像一条死鱼。突然，他推开了这本书。他闪着贪婪的眼睛，迅速在笔记本上乱涂乱画，然后停顿了一下，大声地呼吸，以一种让她吃惊的姿态，用指关节敲打着他的牙齿。

真是野蛮，她想。他放下笔，惊恐地看着她，好像她向他扔了什么东西似的。她继续漫不经心地看着他，奥塔维奥缩在椅子上，只想着他现在不是一个人待着。他微笑着，害羞而恼怒地把手伸到桌子上。她从椅子上抬起身体，将指尖伸向他。奥塔维奥快速地捏了捏，露出了微笑，然后，在她还没来得及撤回手臂之前，他就愤怒地再次拿起笔记本，埋着头，手在工作不停。

约安娜觉得，现在他才情绪化。一瞬间，也许是出于嫉妒，未经思考，她强烈地恨起了他，双手牢牢抓住扶手，牙齿紧扣在一起。她激动了几秒钟，又恢复了活力。她担心她的丈夫会觉察，因此不得不去掩饰，以弱化情绪的强度。

这是他的错，她冷冷地想，警惕着新的愤怒袭来。这是他的错，这是他的错。因为他的存在，不仅仅因为他的存在：知道他的存在，人们不允许她自由。现在，只有在短暂的逃逸中，她才能感受到自由。就是这样：这是他的错。她怎么没有早点发现呢？她凯旋一般地想。他偷走了她的一切。仿佛这句话危如累卵,她强有力地想着,闭上了眼睛,想着一切!她感觉好多了,能更有条理地思考。

在他面前,她总是伸出手来,多少啊,她收到了多少惊喜!猛烈的惊喜,仿佛甜蜜的惊喜一闪而过,仿佛一阵小小的灯光……现在她把所有的时间都给了他,属于她的几分钟,她觉得是种让步,被切割成小冰块,在融化之前,她必须迅速吞下它们。她鞭挞着自己向前疾驰:看,因为现在是自由的时刻!看,快点思考;看,快点找到自己;看……结束了!现在——没过多久,一盘冰块再次出现,你着迷地看着它,望着水滴已成涓涓细流。

然后他会来。她终于叹了口气,沉重地坐下——但她不想休息!——血流得更为缓慢,它的步伐温顺驯服,就像一只练好了步子来容纳进笼子的野兽。

她记得去取书的时候——那是什么时候?啊,《公法》——在楼梯顶部的书架上,多么自发的回忆,如此自由,简直如同臆想……这回忆多么鲜活!清澈的水从里到外流动着。她怀念这种感觉,想要再次感受它。她焦急地四处张望,寻找着什么。但是周围的一切都一如往常。陈腐。我要离开他,她破天荒头一次产生了这个念头。她睁开眼睛,望着自己。她知道这么想的后果。至少在过去,不需要事实依据,只是一个小小的想法、一个微不足道的愿景就能让她做出决定。我要离开他,她重复了一遍,这一次,这个念头断成了丝絮,束缚着她,从此,丝絮存于她的心中,会变得越来越粗壮,直到长出根茎。

在下决心离开他之前,她会向自己重复这个建议多少次?对于会发生的小小斗争,她已经预先产生了厌倦,反抗,然后屈服,直到最后。她内心出现了迅疾而不耐烦的动作,反映在她不自觉的抬手上。奥塔维奥瞥了她一眼,继续像梦游者一样写作。他多敏感啊,在间隔时间里,她想。她继续想:为什么要推迟?是的,为什么要推迟?她问自己。她的问题很实在,需要得到严肃的回答。她挺直身子坐在椅子上,正襟危坐,仿佛要去倾听不得不说的那些话。

然后奥塔维奥大叹了口气,合上了书和笔记本,发出很大响声,使劲把它们丢到一边,他长长的腿伸出椅子很远。她看着他,很害怕,也很受冒犯。然后……他开始了讽刺,她不知道如何继续,便等待着,盯着他。

他说话了,脸色滑稽而凌厉:

"很好。现在,能否请这位女士到这里来,把头靠在这个英勇的胸膛上,因为我需要它。"

她笑了,只是为了迎合他。但笑着笑着,她感觉到有点好笑。她一直坐着,试图继续想:所以,他……她用口型表达了蔑视和胜利，仿佛得到了期待的证据。所以，他……就这样吗？她希望奥塔维奥能够看到她的态度，猜到她不从椅子上起来的决心。然而，他一如既往地什么也没猜到，就在即将注意到的那个时刻，什么东西令他走了神。现在，就现在，他想要整理好书和笔记本。他甚至没有看约安娜，他确定她会过来吗？她邪恶地笑了起来，想着他错得多么离谱，她有多少他想象不到的想法。是啊，为什么要推迟？

他抬起头，对她的拖延感到惊讶。她还坐在椅子上，他们坐在那里面面相觑。他很好奇。

"所以？"他试探地说道，"我英勇的……"

约安娜用一个手势打断了他，因为她无法忍受突然袭来的怜悯，还有这话可笑极了的印象，她是那么清醒，决心说话。他不害怕她的行为，她不得不小心翼翼地吞下唾液，以便把刚在胸中涌起的愚蠢的哭泣冲动压在身体里。

现在她也感到自己可怜，她看到他们两个在一起，可怜，幼稚。他们都要死了，这用指关节敲打牙齿的男人，这个动作如此鲜活。她自己，与楼梯的顶部和她想要感受到的所有能力。在任何时候，重要的事情都会袭击她，空虚时也是如此，使它们充满了意义。有多少次她给服务员提供了太多的小费，只是因为她记得他将要死去而不自知。

她神秘地看着他，认真而温柔。现在，她想象着他们是两个将死之人，好让自己激动起来。

她把头靠在他的胸前，一颗心在那里跳动。她想：但即便如此，即便死去，有一天，我还是会离开他。如果在离开之前她被感动了也没关系，她很清楚这即将到来的想法，不断强化它："我该做的全都做了。我不恨他，我不会看不起他。为什么要去找他，即使我爱他？我不喜欢我自己，因此我才喜欢我喜欢的那些东西。我喜欢我想要的东西胜过我自己。"哦，她也知道真相可能与她想的相反。她放松头部，将额头靠在了奥塔维奥的白衬衫上。慢慢地，渐渐地，死亡的想法消失了，她再不能找到任何可以去嘲笑的东西。她的心柔软地定了型。她听得出来，对一切都无动于衷的奥塔维奥保持着他往常的节奏，在他那条命定的道路上继续前行。大海。

"推迟吧，只是推迟。"在停止思考之前，约安娜想。因为最后的冰块融化了，现在她不幸地成了一个幸福的女人。

老师的庇护

约安娜记得很清楚：婚礼前，她去见了她的老师。

她突然需要见到他，需要在离开之前感受他的坚定和冷酷。因为她觉得，结婚是对过去全部生活的背叛。她想再次见到老师，感受他的支持。产生要去看望他的想法时，她松了一口气。

他的话一定会一针见血。什么话？没有什么，她悄悄地回答自己，对信仰和希望萌生出了一阵突然的渴望，希望能保存自己，全神贯注地再一次倾听他，即使并不知道会得到什么。这从前曾经在她身上发生过：第一次准备去看马戏表演时，还是个小女孩的她为了这一刻做足了准备。她走近那片宽阔的场地时，又圆又大的帐篷里闪着白色的光芒，就像那些隐藏起来的穹顶，直到最好的菜上桌才现身，当她握住女仆的手靠近时，她感到了内心的恐惧不安和颤抖的喜悦，她想回家，想逃跑。女仆说：你父亲给了买爆米花的钱，午后的阳光下，约安娜怔怔地看着一切，一切都仿佛疯了。

她知道老师病了,他的妻子抛弃了他。尽管他老了,但胖了一些,眼里闪闪发光。她起初也有些担心,最后一次见面让她害怕地逃入了青春期,可能会让这次访问变得困难,并让他们彼此不安,因为要待在同一个陌生而沉闷的房间,里面,尘埃打败了光彩。

老师用一种平静而无所谓的态度接待了她。他有黑眼圈,看起来像一张老照片。他问了约安娜一些问题,还没等她回答,就不再听了,好像终于完成了一个任务。好几次他中断了话头儿,把注意力转向钟表和他放药品的小桌子。她环顾四周,半明半暗,湿漉漉的,让人喘不过气。老师就像一只待在地窖里的被阉割了的大猫。

"现在你可以打开窗户,"他说,"你知道,亮堂一些,再呼吸一些新鲜空气;对全身都有好处,能增强活力。这就像一个被忽视的孩子。当他收到各种东西时,会突然有了反应,喜笑颜开,比其他孩子更开心。"

约安娜打开门窗,冷风成功涌了进来。一丝阳光从他身后的门透进来。老师松开睡衣的领子,把自己暴露在风中。

"就像这样。"他肯定地说。

看着他,约安娜意识到他只是一个阳光下的胖老头,他稀疏的头发无法抗拒微风,他宽大的身体瘫在椅子上。他在微笑,我的上帝，他在微笑。

当钟敲响三声时，他突然激动起来，话只讲了一半，他用手比着，表情狂热而严肃，从一个小瓶中滴了二十滴液体到一杯水里。他把杯子举到眼睛的高度，观察它，嘴唇紧闭，全神贯注。他毫无畏惧地喝下了黑暗的液体，然后盯着杯子，露出一种苦涩的表情和她无法理解的似笑非笑。他把它放在桌子上，拍了拍手叫来仆人——一个瘦弱的、心不在焉的孩子。他沉默着等他回来，目光专注，像是在听着远处的动静。拿到洗干净的玻璃杯后，他仔细检查了一番，把它倒扣在碟子上，然后，他才轻叹一声：

"对了，我们刚刚在谈论什么？"

她接着说下去，然而并不关心自己讲了什么，而是在观察他。他脸上没有任何痕迹透露出他被妻子抛弃了。有一瞬间，她再次看到了那个几乎总是沉默的身影、那张冷漠高傲的面孔，她曾经害怕她、憎恨她。而且，尽管他的妻子仍令她厌恶，回想起来，约安娜惊讶地发现，不仅那时，也许一直以来，她们都团结在一起，拥有共同的秘密和罪恶。

从他的外表并不能看出妻子的离开。在他的举止和目光中似乎甚至有一种终于获得的平静，是约安娜之前从未在他身上见过的一种平静。她忧虑地审视着他，他就像汇入了雨水的江河，如今的深度无法估量。她原本是来听他说话，感受他那如同固定的点一般的沉着的!

"和病弱的人相比,一个强壮的男人受到的折磨要大多了。"她说,试图让他说话。

他几乎没有抬头。她的话语悬在空中,愚蠢而又怯弱。我要继续,我天生就不会觉得自己可笑,我总是敢于冒险,踏上一切舞台。奥塔维奥却正好相反,他的审美是如此脆弱,只消一声刺耳的笑声就会被打破,并带来痛苦。他现在会不安地听我说话,或是微笑。奥塔维奥已经在她脑子里思考了吗?她已经变成那种对男人言听计从、翘首以盼的女人了吗?她在放弃一些东西……她想要自救,听老师讲话,去晃醒他。所以这个在她面前的男人还记得他告诉她的一切吗?"对自己犯罪……"

"病人想象着这个世界,身体强壮的人拥有它,"约安娜继续说道,"病人以为他们无能为力,只是因为他们体弱多病,而强者觉得他们的力量其实并没有什么用。"

是的,是的,他害羞地点点头。她意识到,她的不适只是因为不想被打断。她不停地说,直到最后,她阴沉的声音重复着她很久以前的想法。

"这就是为什么痛苦的诗人的诗歌是甜蜜而温柔的,而其他人,那些什么都有的人,则是激动、痛苦和反叛的。"

"是的。"他说,调整着睡衣松垮的衣领。

她看到了他黝黑的、布满皱纹的脖子，感到又羞愧又困惑。是的，他时不时地说一句，而他的注意力寻找着支点，从不从钟表上移开。怎么告诉他她要结婚了？

四点钟，仪式又一次进行。这一回，孩子移开了身子，避免被踢到，因为药瓶差点掉落。老师没踢着人，拖鞋却飞走了，他脚上弯曲的黄色趾甲裸露着。男孩捡起拖鞋，扔给约安娜，他笑着，却不敢再靠近。放好玻璃杯后，她冒险说出第一个关于他的病情的词，很缓慢，很羞怯，因为他们从未进入过属于他们自己的亲密，他们一向在自身之外相互理解。

没有必要再去尝试接近，他掌管了话题方向，慢慢地摊开，慢条斯理，细致入微。起初，他的神色有些仁慈而神秘，他以为她进入不了他的世界。但过了一会儿，他忘记了她的存在，逐渐热情起来，开始侃侃而谈。

"医生说我还没有好转。但我会好起来的，我比他们更有数，"他接着说，"毕竟，我才是病人……"

她终于震惊地发现，他很幸福……

差不多五点了。她觉察到他迫不及待地想让她离开。但她不会就那样离开他，她试图再次鼓起勇气。她残忍地直视着他的眼睛。开始时，他还给她一记温热的无所谓的眼神，随后，他被激怒了，愤怒地回避着她。

小家庭

　　开始写作之前，奥塔维奥会仔细将桌子上的论文排列整齐，捋直身上的衣服。他喜欢保持一些小仪式和老习惯，比如穿旧衣服，他可以严肃而又安心地行走。从学生时代起，他就一直用这种方式做准备工作。在桌子旁边坐好之后，他会整理桌面，意识会因为感知到周围的事物而被重新唤醒（我不会在空洞的思想中迷失自己，我也是一个事物），他会任笔自由书写一些东西，以便摆脱一个顽固的想法或图像，那可能跟随他，并阻碍主要思想的进展。

　　在别人面前工作无疑是一种折磨。他担心自己会因为这些小仪式而受到嘲笑，但他离不开它们，它们支撑着他，就像迷信。就像为了生活，他用许可、禁忌、规则和妥协约束着自己。因为他一直被教导，这样生活会变得更容易。约安娜让他既着迷又恐惧的正是她的自由，她会突然喜欢上某些东西，而对其他视而不见，甚至连用都不用。然而他却被迫面对存在的一切。

就像约安娜说的,他需要被某个人拥有……"你对钱可真亲啊……"约安娜曾经开玩笑说,那一次,在一家餐馆结账的时候,她发现他心不在焉,便吓唬他,当着服务员的面,他手里的钞票和硬币讥刺一般地滑落到他的脚下。虽然之后再没有什么讥讽——好吧,还是得实事求是,约安娜没有笑——但从那时开始,他就准备好了一个论据:不把钱存起来花,还能用它们做什么呢?他感到烦躁羞愧。他觉得这个论据不足以回答约安娜。

事实是,如果他没有钱,如果他没有"既定",如果他不爱秩序,如果不存在《法律杂志》,即那个民法的模糊计划,如果莉迪娅和约安娜没有分隔开来,如果约安娜不是女人而他不是男人,如果……如果……哦,上帝,如果一切……那么他该怎么办?不,不是"他会做什么",而是他会去找谁,如何行动?如果不曾看见,如果没有需求,就不可能从一个区段滑向另一个……

还没完全准备好,他就拿起了笔和纸,这不符合他的工作流程——是个妥协。但他原谅了自己,他不想失去一个原则,有一天也许会派上用场:"为了看清某些东西,必须适当盲目。这可能是艺术家的特质。根据真理,任何人都可能比他懂得更多,且更有信心地思考。但是那些东西在光下无法看到。在黑暗中它们会幽幽地发着光。"——他想了想。然后,尽管已经纠结了很久,他还是记录下:"区分聪明人与天才的不是聪明的程度,而是品质。与其说是智识能力问题,不如说是这种能力展示的方式。因此,一个人可以随随便便地比天才更聪明,但天才就是天才。这种'天才就是天才'的想法是幼稚的。如果非要举例说明,请看斯宾诺莎。"——这真属于他吗?全部的理论呼之欲出,因为一瞬间他便已明了,真担心自己是在剽窃。

好吧,现在回归秩序。他放下铅笔,对自己说,放弃执念。一,二,三!我深深地哀叹我在这座城市西北部的竹林中所受的苦,他开始了。我做了我想做的事,他继续说,并没有人让我写《神曲》。除了是其所是,没有其他存在方式,其余的都是无用的刺绣,就像伊莎贝尔表姐绣在我枕头上的天使和鲜花一样,让人不舒服。当我陷入沉思,而她却像一朵愚蠢的紫云一样出现,我在想什么,告诉我,什么,告诉我,什么,又说了四次,什么,什么,什么,什么。像这样,不要逃开:"什么?你还活着吗?你还没死吗?"是的,是的,就是这样,不逃避自我,不逃避我的字,它是多么轻盈和可怕,一张蜘蛛网,不逃避我的缺点,我的瑕疵,我爱你,我的优点如此渺小,与其他男人一样,我的缺点、我的阴暗面是美丽的,像是凹陷的深渊。我之不是的那一切会在地球上留下一个巨大的洞。我不会助长我的错误，但约安娜不会犯错，这就是区别。嘿，嘿，说点什么，年轻人。女人们看着我，女人，女人，我的嘴巴，我任胡子重新长出，她们因幸福与爱而死，爱中装满李子和葡萄干。我不用钱来买她们，钱我都存起来，如果有人在街上踩到果皮滑倒了，那也不能做什么，只会感到羞愧。什么也没有失去，什么也没有创造。感受到这一点的人，也就是说，不仅仅是理解，而是相信它，会像真正信仰上帝的人一样快乐。一开始会有点痛苦，但是你会习惯。有一天，写下这页纸的人出生了。现在早上七点多了。外面有薄雾，窗外，开着的窗户，伟大的象征。约安娜会说：我如此真切地置身在这个世界上，以至于我觉得我不是在思考，而是在用一种新的方法呼吸。再见了。世界是这样的，我是我，世界在下雨，这是一个谎言，我是一个脑力工作者，约安娜在卧室里熟睡着，现在有人必须醒来，约安娜会说：有人在死去，有人在听音乐，有人走进了浴室，这就是世界。我要打动每个人，邀请他们被我感动。我和一个赤裸的、冷酷的女人住在一起，不要躲避，不要躲避，看着我的眼睛，不要躲避，她窥视着我，这是一个谎言，这是一个谎言，但这是真的。现在她躺在床上睡觉，被睡眠打败，打败，打败。她是一只穿着白色睡衣的小鸟。我要打动所有人，我不会包庇我的错误，但所有人都在包庇我。

他伸直身体，抚平了头发，变得严肃起来。现在他要去工作了。好像每个人都在看着他，赞许地点着头，闭上眼睛表示认同：是的，这是对的，非常好。有个真实的人让他困扰，他独自一人时既松懈又紧张。因为"每个人"都在看着他。他轻轻咳嗽了一声，小心翼翼地推开墨水，开始说："所谓现代悲剧，是指人类徒劳地试图适应他所创造的事物状态。"

他稍稍和自己拉开一些距离，看着他的笔记本，整理了他的睡衣。"因此，想象力是人类的基础"——又是约安娜——"他所建立的整个世界都基于美的创造而不是实用性，也不是成为一个满足所需的目标计划。这就是为什么我们有这么多的补救措施，旨在将人与现有的思想和制度联系起来——例如，教育是如此困难——我们看到他总是处在他所建立的世界之外。人造房子是为了欣赏而不是为了居住。因为一切都沿着灵感的道路前进。决定论并非目的决定论，而是狭义的原因决定论。玩耍，创造，跟着蚂蚁到蚁丘，观察水与石灰混合之后的结果，这就是你小时候和长大之后所做的事情。如果认为我们已经达到了高度的实用主义和唯物主义，这是一个错误。事实上，实用主义——一个导向某个实际目标的计划——将意味着理解、稳定和幸福，是人类可以实现的最大的适应性胜利。然而，在我看来，面对着现实，'为了什么'而做一件事情是无法要求人做到的完美。一切构建开始于'因为'。好奇心，白日梦，想象力——一切塑造了现代世界。遵循着灵感，混合各种成分，制造出组合。他的悲剧是：他必须拿它们去滋养自己。他相信他可以在一种生活中想象，而在另一种独立的生活中存在。另一种生活确实得继续下去，但它会缓慢地净化幻想中的生活，一个人无法既发现一种生活很愚蠢，又可以在另一种生活中找到真正的平静。一个人不能肆无忌惮地思考。"约安娜毫无畏惧地思考，也不惧怕受到惩罚。她最终会疯还是会怎样？他不知道。也许只有痛苦。

他停了下来，重读了一遍。不去脱离这个世界，他带着些许热情地想。不必面对其他。只是思考，只是思考和写下来。他也许会被要求写关于斯宾诺莎的文章，但是他不会被迫去捍卫、观看与结交那些不配为人的人，他们招摇过市，毫无羞耻地暴露自己的生活。

他重读了之前的读书笔记。——纯粹的科学家不再相信自己喜欢的东西，但不会阻止自己喜欢他所相信的东西。人需要去喜欢点什么，这是人的标志。——别忘了："上帝的智性之爱"是真正的知识，它排斥任何神秘主义或崇拜。——许多答案都可以在斯宾诺莎的阐述中找到。例如，在没有外延（上帝的模式）的情况下不可能有思维，反之亦然，难道没有肯定灵魂的不朽？当然：死亡作为一种独特的、理性的灵魂，无法拥有圣托马斯的天使纯粹形式。人终有一死。通过在自然界中转化而不朽。在世界上，除了自然没有其他地方可以创造生命。只有重新整合和延续的机会。可能存在的一切都已存在。再没有东西可以被创造，但可以被揭示——如果，一个人进化得越完全，他就越会试图去总结、抽象，并为其生活建立原则和法律，任何意义上的上帝（甚至是宗教意义上的全知的上帝）不会基于自己的完美而创造出绝对的法则吗？一个拥有自由意志的上帝比不上一个法则唯一的上帝。同样的，一个概念越是真实，就越唯一，不需要根据情况的变化而改变。发生奇迹的不可能性比可能性更能证明上帝的完美。创造奇迹，对于众宗教中的一个人性化的神来说是不公平的——成千上万的人同时需要同样的奇迹——或是认识到错误，纠正错误——这与其说是善意或"人品保证"，不如说是犯了错误。——斯宾诺莎说，理解力或意志力都不属于上帝的本质。这让我更快乐、更自由。因为存在一个全知上帝的想法令我们变得可怕地不满足。

他会把斯宾诺莎的这句翻译置于这本书的顶部："身体的区分在于动和静、快和慢等动作，而不在于其实质。"他给约安娜看过这段话，有什么用呢？他耸耸肩，没有进一步地解释。她很好奇，想读这本书。

奥塔维奥伸出手拿起了它。本子中的一页夹在其他页面之间。他看着它，发现了约安娜仓促的笔迹。他把它拿近了一些。"词语的美丽：上帝的抽象本质。像是在听巴赫。"为什么他希望她没有写这些东西？约安娜总是让他措手不及。他感到惭愧，好像她在说谎，他不得不骗她，告诉她，他相信她……

读她写的东西就像站在她本人面前。他回想起她，避开她的眼睛，看着她心不在焉，她的面容苍白、模糊而轻盈。突然，巨大的忧郁降临在他身上。我究竟在做什么？他想知道，他甚至不知道为什么会突然质问自己。不，今天不写了。仿佛是一个妥协，一个不能被质疑的命令——他仔细审视着自己：如果他真的想工作，他可以吗？答案是坚决的：不——因为这个决定比他更强大，他几乎感到高兴。今天有人给他放假。不是上帝，不是上帝，而是某个更强大的人。

他站起身，整理好文件，放好书，穿上一件保暖的衣服，去看望莉迪娅。秩序带来了慰藉。莉迪娅会怎样接待他？站在窗前，看着孩子们走路上学，他看到自己猛地抓住了她的肩膀，也许有点被逼无奈，不禁再次问自己：我究竟在做什么？

"你不害怕吗？"他对她喊道。

莉迪娅没有反应。

"难道你不害怕你的未来、我的未来、我们的未来吗？你知不知道……你是我唯一的爱人……你只属于我？"

她惊讶地摇了摇头，泪流满面：

"可是不是的……"

他摇晃着她，他隐隐羞愧于使用强力，在约安娜身边时，他总是一言不发。

"你不害怕我离开你吗？难道你不知道，如果我离开你，你将成为一个没有丈夫的女人，一无所有……一个可怜蛋儿……有一天，她被未婚夫抛弃了，而当他与另一个人结婚时，她成了他的情人……"

"我不希望你离开我……"

"啊……"

"……但我不怕……"

他惊讶地看着她。她瘦了，他注意到了。但她看起来还是很健康。尽管她整个人越发紧张，很容易哭，很容易动情。他突然笑了起来。

"我真是一点也看不透你。"

莉迪娅也笑了，很开心这一切都结束了。他惊异于她光芒万丈的目光，把她拉到身边，好不去看她的眼睛。他们拥抱了一会儿，内心充斥着不同的欲望。

现在呢？莉迪娅会和往常一样接待他。他给约安娜写了张便条，告诉她他不在家吃午饭。可怜的约安娜……他想这么说。她将永远不会知道真相。她是那样正直、傲慢而无知，孑然独立……但他狠狠地不用她了，他笑了，心跳个不停。无论如何，关于那篇文章，明天他会写些决定性的东西。

离开之前他看着镜子里的自己，眯着眼睛，看着他漂亮的脸、高挺的鼻子、圆润丰满的嘴唇。反正我没什么错，他说。出生也不是我的错。突然间，他不明白他怎么会相信责任，感受那恒久不变的重担。他自由了……一切有时是那样简单……

他出门了，花时间挑选了一袋糖果。他最后买了一大袋杏仁的。走过转弯处时，他会吮吸他的第一颗糖果，双手插在口袋里。一想到这个，他的眼里便充满了温柔。为什么不呢？他突然生气地问自己。谁说伟人不吃糖果？虽然没人在传记中提到这一点。如果约安娜知道了他的这个想法呢？不，实际上她从来没有表现出讽刺……一瞬间他感到愤怒，加快了步伐。

在转过拐角之前，他拿起那袋糖果，把它们扔进了阴沟里。他痛苦地看着它们混进泥里，滚入蛛网交错的黑暗空洞。

他继续走着，放慢了速度，缩着肩膀。外面有些冷。现在有人心满意足了，他悠悠地想。像是一种惩罚，一种忏悔。

"即使是伟人，也只有在他们死后才能真正得到认可和赞颂。为什么？因为那些给予赞美的人需要感觉自己某种程度上比被赞美的人更优越，他们需要让步。在一种显而易见的优越感诞生之后……赞美者……设法保持……甚至有点屈尊俯就的痕迹……悲悯就这样产生。"奥塔维奥说。

莉迪娅正在观察他，这是他丑陋的时刻之一。薄薄的嘴唇，有着皱纹的额头，愚蠢的眼神——奥塔维奥正在思考。她就在这一刻爱上了他。他的丑陋并没有令她激动，也没有激发怜悯。只是对他更加依恋，感到更加幸福。一种全然接受的快乐，一种将自己真实和原始的一面与他人结合的快乐，无关任何既有的审美观念。她想起了她以前的同学——那些鲜活的女孩，她们什么都懂，了解电影院、书籍、恋爱、服装，她从未真正接近她们，她一向沉默，没什么想说的话。她记得她们，而且知道她们会在那一刻觉得奥塔维奥很丑。她全然地接纳他，甚至希望他变得更糟糕，这样她就可以毫不费力地证明对他的爱。

她注视着他，没有注意听他讲的话。知道他们之间有秘密，一种纤细而轻盈的生活编织在另一种生活之上，即真正的生活，这很温柔，很美好。没有人会猜到奥塔维奥曾吻过她的眼皮，用嘴唇感受过她的睫毛，并因此而微笑。她在都不说话的情况下奇迹般地明白了一切。没有人会知道，他们曾经多么深爱，以至于一言不发、严肃、不动。他们各自的心里都积累着从未向陌生人袒露的知识。有一天他离开了。但这并不重要。她知道他们之间有"秘密",两人都是不可原谅的共犯。如果他离开,如果他爱上另一个女人,那就离开她,那就去爱另一个女人,之后再与她分享,或即便什么都不和她说。无论如何,莉迪娅会成为他生活的一部分。事情发生了,不会毫无后果,她一边想一边注视着他。逃跑吧——你永远不会自由……每次她要跌倒,他都会抓住她,漫不经心地帮她捋直头发。她捏了下他的胳膊以示感谢。他们笑着看了对方一眼,突然感到幽暗的快乐……他们加快了步伐,睁着的眼睛闪闪发光。

他可能不会特别记得这一点。但她是会记住这种事情的人。实际上,这些事情的性质使得你无法通过说话来记住它们。甚至无法用文字思考。唯一的办法是停顿片刻再感受它。就让他忘记好了。然而,在他的灵魂里,会有某种痕迹,浅色,粉红色,记录着当天下午的感觉。至于她——每一天的到来都给她带来了更多回忆去滋养自己。不久之后,一种幸福的确信,一种达到目的的确信,慢慢地从她体内升起,让她感到满意,几乎是餍足,几乎是痛苦。每当再次看到奥塔维奥,她都不会激动,她觉得他比不上他给她的一切。她想告诉他她的幸福。但她隐约害怕伤害他,像是告诉他她出轨了另一个男人,又好像她在炫耀她的幸福——对一个游走在两个家和两个女人之间的人——以展现出她的优越。

是的,她思绪游离,盯着他——有一些东西坚不可摧,会陪伴身体,直到死亡,仿佛与身体同生。比如,男人和女人共同生活过一段时间后创造的东西。

她的孩子出生时——她抚摸着已经开始鼓起的肚子——他们三个将是一个小家庭。她思考着这个表达:一个小家庭。这就是她想要的。像是给了她的故事一个好的结尾。她和奥塔维奥一起被他们的表姐抚养长大。她就在奥塔维奥身边生活。除了他,没有人经过她的生活。在她了解男人和女人之前,她在他身上发现了男人。没有深思熟虑,她模糊地将全人类堆积在奥塔维奥身上。她全然地活在他这里,从未感受到其他人,那些不过是封闭、奇怪、肤浅的世界。她人生的每一个阶段都有他在身旁。即使在她学会假装的时期,她隐藏着一切,甚至是她不需要隐藏的东西。即使在人们在街上为她驻足,她的同学欢迎她,赞美她那头美丽浓密的秀发的那个时期。奥塔维奥用眼睛跟随着她……她是一个重要的人,这种确信从未磨去分毫……就在那一刻,她明白了她不是穷人,她有一些东西可以给奥塔维奥,可以献给他生命、她的一切……她一直在等他。她得到了他,约安娜来了,但他逃走了。她一直在等,他回来了。孩子将要出生。是的,但在孩子诞生之前,她要争取自己的权利。她觉得"争取自己的权利"一直沉睡于她的内心，等待着。等她有力量。她希望孩子能在父母之间发芽。而在这一切的深处，她自己也想要一个"小家庭"。

她微微笑着，听奥塔维奥说着那些她毫无头绪的事情。自从胎儿开始在她肚子里生长，她失去了某些特征，但也获得了其他一些，敢于去思考一些事情。在那之前，她觉得自己好像在靠谎言活着。她的动作更加自由，仿佛现在世界上有更多空间供她存在。她必须照顾好孩子和奥塔维奥，是的，她会……她靠在扶手椅上，绣品滑到了地毯上。她半闭着眼睛，肚子越来越大，饱满，有光泽。她臣服于舒适，现在一种懒散经常性地支配着她。她丝毫没有孕吐，甚至在一开始也没有。而且她知道，生孩子会很简单，就像一切一样简单。她把手放在她尚未变形的侧腰上。不知何故，突然看不起其他女人。

奥塔维奥捕捉到了这个表情，感到惊讶。一种漫不经心的残忍……他审视着她，无法破译，只知道他被隔绝在她似笑非笑的表情之外。因为这是一个微笑，一个可怕的微笑，一个心满意足的微笑，尽管她的神情仍然严肃，眼睛睁着，直视前方。恐惧向他袭来，他几乎在吼叫：

"你根本没在听！"

莉迪娅的身体从椅子上移开，又一次被他吓到，又一次缴械投降：

"我……"

"你甚至都不理解我。"他重复着，盯着她，压制着他的呼吸。之前那一幕又要上演吗？不，她肚子里有个孩子。我为什么要生个孩子？为什么是我？刚好是我呢？这很奇怪……在一瞬间他会问自己：我到底在做什么？不，不……

"可我不仅了解你，"她急促地说道，"我爱你……"

他轻轻叹了口气，她的逃离还是令他有点害怕。事实是，她没有全然回来，就像她怀孕前一样。而他却把领地给了她……他是傻瓜。是的，但是当她生下孩子之后，当她生下孩子之后……几分钟后，奥塔维奥冷静下来，任由自己被放纵和倦怠侵袭着，这样才能维系好他与莉迪娅的关系。

和奥塔维奥的相遇

浓烈黑暗的夜晚被从中间切开，分成两个黑色的睡眠区块。她在哪儿？夹在两个区块之间，看着它们——已经睡过的一半，还有尚未睡过的那一半——她被孤立在无空间无时间里，一处虚空的间隔。这一段将从她的生命年限中扣除。

天花板和墙壁无缝衔接，悄无声息，她双臂交叉，裹在一个茧里。约安娜观察着它，没有思想，没有感情，一个东西看着另一个。慢慢地，她动了一下腿，清醒的感觉朦胧地与她口中的睡眠味道混合在一起，然后蔓延到整个身体。月光使房间与床铺变得苍白。片刻，另一刻，另一刻，另一刻。突然间，像是有一道小小的光芒，某样东西在她的体内点燃，面部肌肉没有丝毫移动，她迅速说：看你身旁。她继续盯着天花板，显然没在看什么，但她的心脏害怕地跳个不停。看你身旁。她猜她最终会去看，她隐约知道她旁边有什么，但她表现得像是不打算看，像是对床上的其他东西视而不见。看你身旁。她投降了,面对正在观看舞台上演的这一幕的芸芸众生,她慢慢地在枕头上转过头,看了一眼。那里有一个男人。她知道这正是她所盼望着的。

他赤裸着胸膛,双臂张开,像是钉在十字架上。她把头转回去。那儿,我看了。但是之后她立刻抬起身体,用胳膊肘支着,盯着他,也许不是好奇,而是在要求、等待得到一个答案。或者是因为注意到那些无动于衷的面孔在期待这种姿态?那儿有一个男人。他是谁?这个问题天生就很轻,它迷失了,像一片可怜的叶子,被黑色的波浪卷走。但在完全忘记它之前,约安娜看着它变得越来越重,变得崭新而紧迫,一个声音靠近了她:他是谁?

她开始不耐烦了,厌倦了那些坚持不懈的面孔,他们不是摆设,而是在要求,要求。他是谁?一个男人,有个男人这样回答。但是她的男人,那个陌生人。她看着他的脸,一个熟睡的孩子的疲惫的脸。他的嘴唇张开着。厚厚的眼睑下,瞳孔转向内部,仿佛死去。她轻轻地抚摸着他的肩膀,还没来得及获得任何回应,便迅速收回了手,仿佛吓坏了。她停了一下,感觉自己的心跳回荡在胸中。她理了理睡衣,给自己留下足够的时间,如果愿意,她还可以反悔。但她没有停下来。她把透明的手臂靠近那个人赤裸的手臂,尽管已经预知了自己接下来的想法，她还是颤抖不已，因为色差太过激烈，如同一声尖叫，坚定而大胆。床上有两个界限分明的身体。而这一次，她无法埋怨自己是在清醒地走向悲剧：这种想法是在她没有选择的情况下强加给她的。如果他醒来发现她靠在他身上怎么办？如果他突然睁开眼睛，会恰好对上她的眼睛，两道光与另外两道光交汇……她迅速退缩，蜷缩在自己的身体里，充满了恐惧，那是她无法坦承的在无雨的夜晚与无眠的黑暗的恐惧。我必须在不同的情况下经历多少次同样的事情？她想象那两只眼睛就像两块铜板一样，没有表情地射着光芒。沉睡的喉咙可能会传出什么声音？听起来像粗箭，射进家具、墙与约安娜自己。所有人都交叠着手臂，目光扫过遥远的空间。无情无义。时钟的鸣响只在该结束时才结束，什么都不用做。要么就扔块石头，在破碎的玻璃和泉水发出响声之后，沉默像血一样从内部溢出。为什么不杀那个男人？胡说八道，这种想法完全是捏造。她看着他。害怕"那一切"，仿佛按下一个按钮——只要碰一下就够了——它就会开始嘈杂而机械地工作，用动作和声音把房间填满，开始生活。她对自己的恐惧感到害怕，这让她感到孤独。远远地，从关掉的灯泡上，她看到自己，迷失而渺小，被月光覆盖，旁边躺着那个随时可能活过来的男人。

突然，她怯懦地产生了一种真正的恐惧，像生命体一样鲜活。那个动物,竟是她,那个男人,她只知道该去爱,他们身上,有很多未知存在!恐惧存在于身体中,恐惧存在于血液里!也许他会勒住她,杀死她……为什么不呢?——她吓坏了——她的思想大胆地前进,像一束摇摇欲坠穿过黑暗的微光一般引导着她。她要去哪儿?但为什么奥塔维奥不会勒死她?他们不是单独在一起吗?如果他在睡梦中疯掉怎么办?——她开始颤抖。双腿不由自主地动了,踢走了床单,准备保护自己,准备逃跑……啊,如果可以叫喊,她反而不会害怕,恐惧会随着尖叫逃走……奥塔维奥回应了她的动作,他抬起眉毛,闭上嘴唇,再次张开,继续一动不动!她看着他,看着他……等待着……

不,他并不危险。她把手背放在额头上。

依然只有寂静,一如往常的寂静。

也许,她曾活过梦想与现实的混合,她想。她试图回忆前一天。什么重要的事情都没发生,除了奥塔维奥给她留言,说他不会回家吃午饭,这段时间里,他经常这样做。或者,她的恐惧并不仅是一种幻觉?现在,房间清晰而寒冷。她闭着眼睛休息。幸运的是,她很少会做噩梦。

她多么愚蠢。她伸出手,试图抚摸他。她把手掌放在他的胸前,起初是轻轻地,几乎飘浮着,但慢慢地战胜了自己。她越来越有信心，完全把手放在那片覆盖着轻微植被的广阔田野。她睁着眼睛，却什么也不看，所有的注意力都集中在自己和她的感受上。

一件家具吱吱作响，阴影更牢固地附着在衣柜上。

然后她产生了一个想法。这个想法是如此炽热，以至于她的心脏剧烈地跳个不停。就这样：她靠近他，小心翼翼地将头靠在他的胳膊上，紧挨着他的胸部。她一动不动，等待着。一点一点地感觉到这个陌生人的热量通过她的脖子传递给她。她听到了一颗心在有节奏地、遥远地、严肃地跳动。她专注地审视自己。那个活生生的存在是她的。那个陌生人、那另一个世界是她的。远远地，从灯泡上，她看着他，他赤裸的身体——迷茫而软弱。软弱。他裸露的线条是多么脆弱，多么纤细，毫无保护。他，他，那个男人。痛苦从一个隐藏的源头涌进她的身体，填满她所有的细胞，将她无助地推向床底。我的上帝，我的上帝。之后，在痛苦的分娩中，在艰难的呼吸中，最终，最终，她感觉到放弃那柔软的油终于溢出了她的全身。他是她的。

她想叫他，寻求他的支持，求他说些安抚的话。但她不想叫醒他。她担心他不知道如何使她感受得更深，以及如何使她实现那目前尚是小小胚胎的一切。她知道，即使在这一刻她独自一人,那个男人也会远远地醒来。他会说出一个漫不经心的湿乎乎的词语,用块绊脚石将她拦截在那条狭窄而明亮的道路上。然而,想象着他对她内心想法一无所知并不会令她的温柔减少半分,反而迅速增大,比她的身体和她的灵魂更大,似乎是弥补他的距离。

约安娜微笑着,但是她无法阻止痛苦开始在她的身体里悸动,就像一种苦涩的口渴感。不仅仅是痛苦,一种对爱的渴望开始滋长,开始支配她。在一阵模糊的、轻微的旋风中,就像一阵眩晕,她获得了一种对世界、对她自己的生活、对她出生前的过去和对她身体之外的未来的认知。是的,她迷失了,就像一个点——一个没有维度的点,它曾经是一个想法。她出生了,她会死,大地……这种感觉迅速而深刻:盲目地陷入一种颜色——红色,像田野一样平静而广阔。同样暴力而瞬间的意识,有时会在爱的伟大时刻向她袭来,像是一个溺水的人最后一次看到东西。

"我……"她低声说道。

但她能说的一切都还不够。她活着,活着。她看着他。他是怎么睡觉的,他是怎么存在的。她从未如此感知过他。她和他结婚的早期,光芒来自她自己那具赤裸的身体。更新是她自己的事,她从未溢出到那男人身上,始终保持着孤独。现在她突然明白，爱可以让你渴望下一刻，它出现在冲动中，亦即生命……她感到世界在她的胸膛里轻轻地悸动，她的身体疼痛，好像承载着全世界所有女性的雌性特质。

她再次沉默，看着自己的内心。她记得：我是除了大海之外没有居所的轻柔的波涛，我晃动，滑动，飞翔，大笑，给予，睡觉，但是，哎！总是我，总是我，总是我。那是什么时候的？她小时候读过吗？想过吗？她突然想起来了：她刚才想到了，也许是在将手臂放在奥塔维奥的手臂上之前，也许是在她想要尖叫的那一刻……越来越多的事情过去了……过去和未来一样神秘……

是的。她还看到了，就像一辆无声的汽车飞速而过，那个她有时在街上遇到的男人……那个默默盯着她的男人，像刀一样瘦而尖锐。那天晚上，她已经轻轻地感觉到了他，他像针头那样触动了她的意识……仿佛一种预感……但在哪一刻？在她的梦中？在清醒时？一股新的痛苦和生命的涌动袭来，淹没了她，还有囚禁的痛苦。

"我……"她又开始羞涩地转向奥塔维奥。

他更暗了，她能看到的只是一个影子。他的颜色逐渐褪去，从她的手中滑落，长眠在睡眠深处。而她像空荡荡的房子里的嘀嗒声一样孤独。她坐在床上等着，睁大眼睛，黎明将至的寒冷穿过她的衬衫。她独自一人存在于世,被过多的生活碾压,感觉到了那种音乐,对于身体,它的振动太强了。

但是解放的一刻到来了,约安娜随着冲动而颤抖……像树林中的黎明一样温和甜美,灵感诞生了……这样,她创造了她应该说的话。闭着眼睛,缴械投降,她温柔地说出那一刻诞生的词语,从没有人听过,仍然如诞生时一般娇嫩,是崭新而脆弱的嫩芽。它们还不是词语,只是松散的音节,毫无意义,温吞吞的,流动着,融合着,彼此受孕,重生为一个生命,然后立即分割,呼吸,呼吸……

她的眼睛因为温柔的幸福和感激而变得湿润。她说了话……那些词语先于语言,来自源头,来自自身之源。她靠近他,把她的灵魂给了他,却感觉到自己的完整,好像喝掉了一个世界。她就像一个女人。

花园里深色的树偷偷地窥视着这份寂静,她很清楚,很清楚……她睡着了。

莉迪娅

约安娜觉得,第二天是又一次,就像第一天一样。

奥塔维奥早早就离开了,她为此感谢他,好像他故意给她时间去思考,去观察自己。她不想做任何匆忙的决定,她的任何一个行动都既宝贵又危险。

而这段时间是瞬息即逝的。因为她收到了莉迪娅的字条,邀请她去拜访她。

还没等字条引起快速而沉重的心跳,约安娜便笑了。有一把冰冷的钢刀正抵在她温热的内部。仿佛她死去的婶婶重新出现,和她说话,约安娜想象着她的震惊,感受到她睁开的眼睛——或是她自己的眼睛,面对一个她不想显露惊讶的人:"奥塔维奥回到莉迪娅身边去了吗,尽管他有约安娜?"婶婶会这样说。

约安娜慢慢地抚摸着她的头发,冰冷的刀刃抵着她火热的心,她再次笑了起来,啊!只是为了争取时间。"但是,是的,为什么不和莉迪娅在一起？"她这样回答了死去的婶婶。现在，刀刃带着这个清晰的想法，笑着挤压她的肺部，寒气逼人。为什么拒绝接受已经发生了的事情？同时拥有很多东西，以不同的方式感受，从各个方面认识生活……谁可以阻止一个人自由地生活？

后来她陷入了一种奇怪而轻盈的兴奋状态。她漫无目的地在房子里游荡，甚至哭了一会儿，没有非常痛苦，只是为了哭泣——她相信这点，只是像有人在挥手，只是像有人在看。我痛苦吗？她有时会问自己，而思考会令她再一次充满惊喜、好奇和骄傲，不留下任何让人痛苦的空间。但她高涨的情绪并不能一直保持。她迅速调整了行为，弹了一会儿钢琴，忘掉了莉迪娅的信。等她想起来时，依稀之中，一只鸟来去匆匆，她无法下定决心，也不知道该悲伤还是快乐、平静还是激动。她总会想起前一天晚上，窗玻璃安静地在月光下发着光，奥塔维奥赤裸着胸膛，约安娜在熟睡，这几乎是她生命中第一次把自己托付给一个睡在她身边的男人。事实上，她与前一天充满柔情的约安娜并没有什么区别。她羞愧过，受辱过，被拒绝过，一直徘徊不定，直至回归，约安娜越来越强硬，越来越集中，越来越接近自己——她这样认为。甚至更好。只有那柄冰凉的钢刀不断出现，从未变热。最重要的是，每个想法的深处，都盘旋着另一个想法，让人困惑又十分着迷，就像她父亲去世的那一天：一些事情发生了，而并非是她编造的……

下午，她终于有机会去观察莉迪娅，她意识到她们离得非常远，就像她和那个有声音的女人一样。她们目光相对，却无法彼此憎恨，甚至不能彼此抗拒。莉迪娅讲了一些她们各自都不感兴趣的话题，脸色苍白，神情谨慎。她刚刚开始的孕育浮动在房间里，填满了它，穿透了约安娜。甚至穿透了那些暗淡无光的家具，上面盖着钩编织物，仿佛藏在同一个几乎要被揭开的秘密里，同样等待着孩子的降生。莉迪娅睁开的眼睛里没有阴影。多么美丽的女人。她的嘴唇饱满而平和，没有颤抖，好像属于那些不惧幸福、接受幸福而不后悔的人。她的生活是建立在怎样的诗歌之上呢？她在莉迪娅的心里猜到的那个窃窃私语是什么呢？那个有声音的女人扩增成无数的女人……但她们的神性究竟在哪里？即使在最弱的人身上，也有不通过智性而获得的知识的阴影。盲目事物的智性。岩石的力量，它倾倒颠簸着把另一块岩石撞入大海，杀死一条鱼。有时在女性身上可以看到同样的力量，她们只是母亲和妻子，人中的羞怯的雌性，像她的婶婶，像阿曼达。然而，那种力量，是软弱中的团结……哦，也许她夸大其词，也许女性的神性并不具体，只是存在于她们存在的事实中。是的，是的，真相就在这里：比起其他人,她们愈加存在,是事物在其本身中的象征。她发现,女人本身就很神秘。在她们所有人中都有一种原料般的品性,它可能有一天会定义自己,但从未实现过,因为它真正的本质是去"变成"。不正是通过这种方式,过去才与未来、与所有时间结合起来吗?

莉迪娅和约安娜沉默了很久。她们并非心意相通,但也不需要言语,好像她们实际上只是要见个面,看看对方,然后就离开。当她们俩发现她们并没有吵架时,情形就越发奇怪了。两人都有一丝不耐烦,有一个任务需要完成。约安娜突然心满意足,想抽身而去:

"好了,"她的语调不高兴地把她自己唤醒,"结束了。"

莉迪娅吃了一惊。但怎么会呢?她们还什么都没说呢!她尤其不喜欢半途而废:

"我们还什么都没说……我们需要谈谈……"

约安娜笑了。她一边笑,一边开始行动,不费力气——那太累了——但我究竟该如何打动她。我到底在想什么乱七八糟的?

"你不觉得,"约安娜说,"我们已经背弃了见面的初衷?如果我们现在谈论这事,会提不起兴趣或激情的……我们改天再谈。"

那一瞬间，对她们来说，那个男人的形象黯然失色，不合时宜。但是，莉迪娅知道，那个女人一旦消失，她所带给自己的那种剥夺了行动欲望的无力和恍惚也会消失。莉迪娅再次清醒过来，她想要这个孩子。还有小家庭。她努力摆脱困意，睁开眼睛抗争。

"要是错过这个机会，就太荒谬了……"

是的，让我们买下它，让我们买下它。我感到无精打采，是因为我为这次见面做了太多准备。约安娜又高兴地笑了起来。

"我知道我不能指望你。"怀孕的莉迪娅突然又有了力气——阳光从一片云彩中透出，一切都焕发出光彩，充满了生命力。约安娜也被点亮了，感到阳光从云朵里露出，在一个仿佛孩子们手拉着手围成的圆圈里，一切都在轻轻地吐着泡泡。

"我很了解你。"莉迪娅继续说。她的话语平静地沉入湖里，沉积在底部，没有反响。

突然，她推动着自己，推动着怀孕这个事，这是她最后的努力，想让自己醒来：

"我了解你，我知道你的邪恶是多么根深蒂固。"

现在房间再次恢复了生命力。

"哦，你知道？"

是的，它恢复了生机，约安娜想，她醒了过来。我在说什么？我怎么敢来这里？我在一个很远很远的地方。你只要看看这个女人，就知道人们不会喜欢我。钢刃突然扎进她的心里。啊，嫉妒，这是嫉妒，冷酷的手慢慢地揉捏着她，挤压着她，削弱她的灵魂。下面这件事总在发生，或是即将发生在我身上：动作的切换之间，通过某个动作，我能把自己变成一条直线。就是这样！变成一道光线，这样，如果有人待在我身边，却无法抓住我，也抓不住我的不是。而莉迪娅有许多层次。每一个动作都揭示了她的另一个维度。在她身边没有人会摔倒、迷路，因为她的乳房在为他们提供依靠——严肃、平静、苍白，而我的是如此无用，或者靠在她的肚子上，那里甚至可以装下一个小孩。不要夸大其词，每个女性的肚子里都能蹦出孩子来。她是那么美丽、那么女人，安静的原材料，一如其他女人。空气里是什么？我还是孤单一人。莉迪娅线条粗犷的厚大嘴唇上涂着淡淡的唇膏，而我的唇膏是深色的，总是猩红色，猩红色，猩红色，我的脸苍白消瘦。她那双棕色的眼睛，巨大而宁静，也许没什么能给予的，但可以接受一切，没有人能够抵抗这一点，尤其是奥塔维奥。我是一个长着羽毛的生物，而莉迪娅是毛茸茸的，奥塔维奥迷失在我们之间，毫无防御能力。他怎么能逃脱我的光辉和对逃逸的许诺？他怎么能逃脱那个女人的确定？我们两个人结盟，奉献给人类，我们一大早就挨家挨户地敲响门铃,您喜欢哪位:我还是她?我们还会附送一个小孩。我理解为什么奥塔维奥没有切断与莉迪娅的关系:他总是喜欢投入那些向前走的人的怀抱。他从来不会看到一座山,而没看到它的坚硬;从来不会看到一个胸大的女人,而不想将头放在上面。在她身边,我多么可怜,多么安全。我要么亮起来,变得美好,无比的美好,要么晦暗下去,把自己裹进窗帘。莉迪娅,无论她是什么,都是一成不变的,总是有着统一的明亮基调。我的手和她的手。我的手是孤独的草图,线条来来去去,蘸着惨白色的颜料,画笔留下粗糙和匆忙的笔触,我总是把手举到我的额头上,总是威胁要让它们停留在空中,哦,现在我才明白,我是多么徒劳。莉迪娅的手轮廓鲜明,漂亮,覆盖着柔软的、淡粉的、发黄的皮肤,就像我在某处看到的一朵花,充满了方向感和智慧,掌控着一切。我整个人都在游动,飘浮,我用神经穿过存在的事物,我只不过是一种欲望,愤怒,模糊,像能量一样无形。能量?但我的力量在哪里?在不确中,在不确中,在不确中……它活了起来,但不是现实,只是模糊的冲动。我想让莉迪娅感到眩晕,让谈话变得奇怪,精致,游离,但不对,哦对的,不,但为什么不呢?她突然想起了奥塔维奥,他搅动着咖啡,吹着气,好让它冷却,他的表情严肃,天真无邪,兴致勃勃。给莉迪娅一个惊喜,是的,拉她进来……就像当时在寄宿学校一样，那时，她突然需要实践全部力量，感受同学的钦佩，虽然她一般很少和她们说话。因此她冷酷地表演，编造，好像在复仇。她走出躲藏的沉默，去进行抗争：

"你看那个男人……他早上喝着咖啡加牛奶，慢慢地把面包浸在杯子里，任其流淌，咬着它，然后沉重而悲伤地站起身……"

她的同学看了看，是否真有这个男人，然而，尽管一开始很惊讶，很疏远，但是……却奇迹般的准确！他们的确会看到那个男人从桌子旁站起来……杯子空了……几只苍蝇在飞……约安娜继续拖延时间，向前，她的眼睛亮了：

"还有另一个……晚上他费劲地脱掉鞋子，把它们扔到一边，叹了口气说：一定不要灰心，一定不要灰心……"

比较脆弱的人已经控制不住了，微笑着喃喃自语：真的……你怎么知道的？其他人强自忍耐。但她们最终围在约安娜身边，等着她向她们展示其他东西。现在，她的动作变得轻盈、热烈，神启得越来越充分，打动着众人：

"看着那个女人的眼睛……圆圆的，透明的，颤抖的，颤抖的，转瞬之间就会落入一滴水中……"

"那个眼神呢？"有时候约安娜更大胆，她会在学校走廊里读书的女孩们身上看到突然的羞涩，"那个眼神？是一个在任何地方寻求快乐的人的眼神……"

她的同学笑了起来，但渐渐地，不安、痛苦和不舒服滋生开来。她们最后笑得太厉害了，变得紧张和不满。约安娜很兴奋，她有点上头，牵制着女孩们，用她的意志与话语，其中充盈着如轻轻鞭打一般烧灼而断续的优雅。直到最后，她们被卷了进去，呼吸着她那明亮而又令人窒息的气息。在突然的餍足中，约安娜会停下来，她的眼睛干涩，身体因胜利而颤抖。感觉到约安娜的迅速出离和不屑，她们也凋零地摔倒，仿佛羞愧不已。她们感到彼此厌倦，在离开之前，有人说：

"约安娜高兴的时候，真令人难以忍受……"

莉迪娅脸红了。约安娜的那句"哦，你知道？"听起来如此简短、漫不经心又充满好奇，与莉迪娅的感情相距甚远。

"没关系，没关系，"约安娜试图安慰她，"很明显，你不知道恶是什么，因此，你要生一个孩子……"她继续说："你想要奥塔维奥，孩子的父亲。这可以理解。你为什么不去找一份工作来养大这个孩子？尽管你刚才说我邪恶，但你无疑也在期待我的善。但善让我恶心。你为什么不去找份工作？那你就不需要奥塔维奥了。我没准备好把一切都让给你。但首先，告诉我你和奥塔维奥的关系，告诉我你是如何让他回到你身边的。或者，他是如何看待我的。不要害怕说出来。我让他非常不幸福吗?"

"我不知道,我们从不提起你的名字。"

所以我是孤身一人?这种快乐产生于痛苦,尖刃掠过我的肌肤,这是嫉妒的冷意,不,是这样的冷意:啊!所以你走了这么远?好吧,你必须回去。但是这一次我不会再重新开始,我发誓,我不会重建,我会躲在后面,就像远方的石头,待在路的尽头。有样东西在我体内翻滚,翻滚,翻滚,让我眩晕,让我眩晕,平静地把我安放在同一个地方。

她对莉迪娅说:

"这是不可能的……他不会那么容易地释放自己。"

"但某种程度上他恨你!"莉迪娅喊道。

好吧。

"你也感觉到了吗?"约安娜问道,"是的,是的……不管怎样,并非只有仇恨。"昨晚,我的柔情,没关系,内心深处我知道我孤身一人,我甚至都没被欺骗过,因为我知道,我知道。"如果这是恐惧呢?"

"恐惧?我不明白,"莉迪娅惊讶地说道,"恐惧什么?"

"也许是因为我不幸福,害怕靠得越来越近。也许就是这样:害怕不得不去忍受……"

"你不幸福吗?"莉迪娅平静地问。

"但不要害怕，不幸福与恶无关。"约安娜笑了。究竟发生了什么？我不在这里，我不在这里，发生了什么事，厌倦感，我希望我能流着泪离开。我知道，我知道：我想至少花一天的时间看着莉迪娅从厨房走到客厅，然后坐在她旁边吃午餐（几只苍蝇，餐具叮当作响），热气不能进入，穿上一件旧的印花长袍。然后，下午，坐着看她缝纫，不时给她打下手，剪刀，线，等着洗澡和晚餐时间，这样感觉很好，舒敞而清新。可能我一直都缺少这一点？为什么她如此强大？我想，我从未在下午缝纫这一事实并没有让我比不上她，我猜。不是吗？是的，不是，是的，不是。我知道我想要什么：一个丑陋、整洁的女人，有着一对大乳房，她和我说：为什么要编故事？不要戏精上身，立刻过来这里！——她给我洗了一个温暖的澡，给我穿上白色的亚麻布睡衣，梳理我的头发，让我上床，她非常生气地说：你想干什么？你到处疯跑，不按饭点吃东西，会生病的，别再编造悲了，不值得，喝了这杯热汤。她用一只手抬起我的头，用一张大床单盖住我，撩起几缕头发，露出白而清爽的额头，然后在我温暖地入睡之前，她对我说：你的脸很快就会变圆，忘记那些疯狂，做个好女孩。有人像收留一只卑微的狗一样收留我，为我打开门，梳理我的毛发，喂我，像爱狗一样爱我，这就是我想要的，像一只狗，一个孩子。

"你愿意结婚吗？真的和他结婚？"约安娜问道。

莉迪娅瞥了她一眼，想知道这话里是否暗含嘲讽：

"我愿意。"

"为什么？"约安娜惊讶地问，"难道你不明白，这样做没有任何好处吗？你已经拥有了婚姻所能带来的一切。"莉迪娅脸红了，但是我，丑陋而洁净的女人，并没有恶意。"我敢打赌，你想结婚想了一辈子。"在这个时刻，莉迪娅发起了反抗：她的伤口被无情地碰触了。

"是。每个女人……"她表示同意。

"我不一样。因为我没有想过要结婚。有趣的是，我依然觉得我根本没结婚……我或多或少地相信：婚姻是终点，结婚后就不会再有什么事了。试想：总有一个人在你身边，你永远不会孤独了。——天哪！——永远也无法独处，永远。成为一个已婚女人，意味着，她的命运被安排好了。从那一刻起，就只能等待死亡。我觉得：连不幸福的自由都没有了，因为总要拖着另一个人一起。有一个人总在看着你，检查你，跟踪你的一举一动。即便是生活的疲惫，只要孤独而绝望地承受，都会产生美——我觉得。但一对夫妻，每天吃着同样无味的面包，在对方的挫败里看到自己的挫败……更不要说拿自己的习惯影响另一个人的负担，还有睡一张床，在一张桌子上吃饭，一起过日子，一起走向死亡的负担了。我总是说：不要。"

"那你为什么还结婚？"莉迪娅问道。

"我不知道。我只知道，这个'我不知道'不是说在这桩事件中我不知道，而是什么事儿我都不知道。"我从这个问题逃开，很快它就会回到我熟悉的样子了。"我结婚肯定是因为我想结婚。因为奥塔维奥想娶我。就是这样，就是这样，我发现了：他没有要求不结婚就在一起过，而是要和我结婚。而其实并没有任何区别。我昏头了，奥塔维奥很帅，不是吗？我想不起别的了。"她停顿了一下，"你怎样爱他：用你的身体？"

"是的，我的身体。"莉迪娅结结巴巴地说。

"这是爱。"

"你呢？"莉迪娅说。

"没那么爱。"

"但他告诉我，恰恰相反……"

莉迪娅突然停了下来。她仔细审视着约安娜。约安娜看起来不经世事。她以如此简单明了的方式谈论着爱，因为，她还没有悟到其中奥妙。她不曾堕入爱的阴影，没有经历过爱所带来的神秘而深刻的剧变。否则，约安娜便会如她一般几近羞耻地感到幸福，她会在门口保持警惕，从冰冷的光线中保护那些不该被烧焦的东西继续活下去——但是约安娜的活力……通过奥塔维奥她了解到……她体内有生命力……但她的爱并不能庇护任何人，即使是她自己，莉迪娅感觉到了。她涉世未深，完完整整，未被沾染，可能会被误认为是处女。莉迪娅凝视着她，试图解读她脸上那震撼和明亮的表情。毫无疑问，爱并没有将她绑在爱上。而莉迪娅在第一次接吻后几乎一瞬间就变成了一个女人。

"是的，是的，但什么也没有改变，"约安娜继续平静地说，"我同样更冷酷地想要他，像一只动物，像一个男人。"我不知道，难道她会用那种可怕、震惊和尊敬的目光去看：哦，为什么你要谈论这么难的事情，为什么你要在简单的时刻推动如此大的事，饶了我，饶了我。但这一次是我的错，因为我真的不知道我想说什么。然而就是这样，我会打败她。

莉迪娅犹豫了：

"这难道不是爱吗？"

"也许，"约安娜惊讶地说，"重要的是，它不再是爱。"疲倦突然袭来，巨大的"为的是"在我脑中挥之不去，我知道我要说些什么。"留在奥塔维奥身边。生下他的孩子，要幸福，别管我。"

"你知道你在说什么吗？"莉迪娅喊道。

"当然。"

"你不喜欢他……"

"我喜欢。但从孩提时代开始我就不知道该如何对待我喜欢的人和事，他们让我不堪重负。也许如果我真的用身体去喜欢他……也许我会更认真……"这些是我的心里话，上帝。现在我要说："奥塔维奥离开我，因为我无法给任何人带来安宁，对所有人都如此，我迫使他们说：我瞎了眼，我得不到安宁，但现在我需要安宁。"

"即便如此……我想……没有人可以抱怨……奥塔维奥也不能……我觉得连我都不会……"莉迪娅不知道如何解释，她含含糊糊，双手无处安放。

"什么？"

"我不知道。"她看着约安娜，在她脸上寻找一些东西。她好奇，动了动脑袋。

"什么？"约安娜重复道。

"我无法理解。"

约安娜微微红了脸：

"我也不行。我从来没有进入过我的内心。一些话就说了出来。"

约安娜走到窗前，看着花园，莉迪娅的孩子将在那里玩耍，他现在在莉迪娅的腹中，将由莉迪娅的乳房喂养，是莉迪娅。

或是奥塔维奥,青涩的果实?不,莉迪娅,传承着自己。如果有人将她分成两半——新鲜树叶破碎的声音——会发现她是一颗裂开的石榴,健康、红润、半透明,眼眸清澈。她的生活基底是温顺的,仿佛田野里流淌的小溪。在远处田野,她自信而安详,犹如放牧的动物。约安娜将她与奥塔维奥做比较,对于他来说,生活只不过是一场狭隘的个人冒险,而她则把别人当作阴沉的背景,去映衬她高大明亮的身影。莉迪娅的诗是:只有沉默是我的祈祷,主啊,我不知道还能说些什么;我太幸福了,因为我感到不说话可以感受到更多。沉默中,我在心中织就了一张轻盈、温柔的网:这种对生活的轻微不理解让我活下去。或者,这一切都是谎言?哦,天哪,当她最需要采取行动时,却陷入了无用的思想中。毫无疑问,这一切都是谎言,甚至莉迪娅可能没有她想象的那么纯净。但即便如此,她仍然害怕留在她身边,不情愿地用上点劲儿地看着她,令她意识到自己。要保存她,不去改变她的肤色与她宝贵的声音。

"他把那位老人的事儿告诉了我……你用书砸他,那么大年纪……之前我还可以理解,但现在我不明白你怎么可以这么做……"莉迪娅问道。

"但这是真的。"

莉迪娅盯着她,嘴唇微微张开,等待着她。突然间她清楚地感觉到她不想和那个女人争执。她茫然地摇了摇头。她的脸融化了，她在颤抖，五官犹豫不定，寻找着一个表情：

"我不是故意的，你知道吗？我不是……"莉迪娅仍然焦躁不安，她的脸因快速抖动而刺痛。"我为什么要欺骗你？不，那不是我的意思，那不是……"

突然间，约安娜没有料到，她爆发出一声自由而响亮的哭声。她要生了，她很紧张，约安娜想。莉迪娅艰难地拖住自己：

"我不介意从另一个女人那里把奥塔维奥抢走。但我不知道有你……你不是我这种普通人……但你……太好了……太崇高了……"

约安娜吃了一惊。啊，我为此一直在努力：我已经变得崇高了……就像过去一样……不，不完全是那样，我并没有强求，我怎么能用钢刃来强求，并冷冻我的身躯？不要把自己置于这种光中，这样，前额上的沟壑会如此明显。我要去寻找一种光和影，令我一下子变得丰硕，口红变黑，像一条旧的血迹，头发之下脸色惨白……钢刃再次压在我的心上。当我离开时，她会鄙视我，只有那一刻，她才会头晕目眩。我的美好转瞬即逝……上帝，上帝。幻觉之中，我在奔跑，身体在飞舞，我犹豫不决……去哪儿？空气中弥漫着一种令人恐惧的轻盈物质，我已得到了它，它就像一个孩子哭泣前的瞬间。那天晚上，我不知道是什么时候，有楼梯，扇子在移动，灯光摇晃着甜蜜的光芒，仿佛容忍的母亲的头颅，有一个男人从地平线上看着我，我是一个陌生人，但无论如何我都赢了，即便通过鄙视某种东西。一切都在轻柔地滑动，在无声的组合中。它已经是终点了——什么的终点？高贵慵懒的楼梯，倾斜着，挥动着长长的闪亮的手臂，美丽骄傲的扶手，夜晚的终点——那一刻，我像气泡一样轻柔地滑入房间中心。突然，像雷声一样震撼，又像无声的恐惧一样沉默，突然，又迈出了一步，我无法继续！我的雪纺连衣裙的下摆做了一个鬼脸，颤抖着，挣扎着，扭曲着，被一件家具的尖角撕破，躺在那里瑟瑟发抖、气喘吁吁，在我的惊讶凝视下它一脸茫然。突然，一切变得坚硬起来，一支管弦乐队爆发出歪歪扭扭的声音，很快便安静了下来，空气中弥漫胜利和悲剧的气息。我意识到在内心深处我不感到惊讶：一切都在朝这个方向缓慢前进，现在正急匆匆地进入真正的计划。我想逃跑，和我那件可怜的衣服一起哭泣，它如今没有下摆，撕破了，很辛酸。灯光有力而骄傲地闪烁，扇子下是一些光明而狡黠的面孔，从遥远的地平线上那个男人对我微笑，扶手缩了回去，闭上了眼睛……没有人需要再撒谎了，因为我已经知道了一切！现在我也将急匆匆地进入另一种状态。为什么？为什么？我要离开这里，我要回家，衣服一下子就撕裂了，我听到了管弦乐队刺耳的尖叫与突然的沉默,所有的音乐家躺在舞台上,死去了,大厅里愤怒而空寂。我在前方看着裂口,但我一直害怕痛苦爆发,就像管弦乐队的尖叫。没有人知道,在几近胜利中,我可以走多远,仿佛这是一种创造:这是对超人力量的感觉,在某种痛苦中才能获取。然而,再过一分钟,你将不知道那是力量还是无能,就像想要用你的身体和大脑移动手指,却无能为力一样。但并不是简单的做不到:所有一切都在同时笑同时哭。不,这种状况肯定不是我编的,正因此,我感到惊讶。因为我希望去体验,但这种意愿并不会导致冰冷的钢刃压迫在这块温热的肉上,尚留有昨日柔情的温热的肉。啊!不要假装是殉道者,你知道你不会长久保持这种状态:你会再次打开和关闭生命之环,将它们扔到一边,枯萎……那个时刻也终究会过去,即便莉迪娅没有揭发奥塔维奥,即便我没有发现奥塔维奥虽然和我结婚了,却没有离开她。难道在这痛苦的威胁中,我没有往里掺入一丝甜蜜而讽刺的快乐吗?难道此刻我不爱自己吗?只有当我离开这里时,我才能让自己看到我衣服上的裂口。什么都没有发生,只是我在昨天开始了重生,现在我要撤退,因为这个女人很紧张,因为她怀着奥塔维奥的孩子。首先,没有发生本质性的变化,所有这一切已经存在,只有衣服的裂口,指明了所有事。真的,真的,头痛,疲倦,一切确实都在向这里前进。

"我也可以生个孩子。"她大声说。她的声音听起来很美很清澈。

"是的。"莉迪娅惊讶地小声呢喃。

"我也可以。为什么不呢？"

"不……"

"不？但就可以……我会把奥塔维奥给你，但不是现在，而是当我想的时候。我会有一个孩子，然后我会把奥塔维奥还给你。"

"但这太可怕了！"莉迪娅喊道。

"为什么？拥有两个女人很可怕吗？你知道并不是这样。我想，怀孕是件好事。但想要一个孩子对一个人来说是就够了呢？还是不够呢？"

"感觉是很好。"莉迪娅慢慢地说，睁着眼睛。

"很好？"

"有时也会害怕分娩。"莉迪娅机械地回答。

"不要害怕，一切动物都可以有子女。你的分娩会很容易的，我也是。我们都有宽大的骨盆。"

"是的……"

"我也想拥有一切属于生活的东西。为什么不？你觉得我不能生育吗？根本不是。我没有孩子是因为我不想生。"

我觉得我正抱着一个孩子。睡吧，我的孩子，睡吧，我对你说。孩子很温热，我很悲伤。但这是幸福的悲伤，这种平和和满足让脸宁静而遥远。当我的孩子触碰到我时，他并没有像别人那样窃取我的思想。但后来，当我用脆弱美丽的乳房给他哺乳时，我的孩子会从我的力量中成长，并用他的生命将我压垮。他将远离我，我将成为无用的老母亲。我不会感到受骗。只是被打败了，我会说：我一无所知，我能够生一个孩子，我一无所知。上帝会接受我的谦卑，并且会说：我已生出一个世界，却一无所知。我将更接近他，接近那个有着声音的女人。我的孩子会在我的怀里动弹，我会告诉自己：约安娜，约安娜，这很好。我不会再发出别的词，因为真实将令我的怀抱快乐不已。

男　人

　　在一秒和下一秒之间，在过去和未来之间，浮着间隔那白色的模糊。空如钟表中从一分钟到下一分钟之间的距离。事件的深深处安静而死寂地屹立，带有一点永恒。

　　只是安静的一秒钟，将一段生命与下一段分开。甚至不到一秒钟，无法用时间衡量，却长得像一条无尽的直线。深深的，来自远处——一只黑色的小鸟，一个从地平线上升起的点，向意识走去，就像从结束抛到开始的球。在沉默的本质中、在困惑的目光中炸裂。自身之后，留下完美的间隔，就像空气里振动的唯一声响。之后再次出生，将对这段间隔的奇怪记忆保存起来，而不知道如何将其与生命混合。永远承担着这个小小的空点——困惑而原初，转瞬即逝，无法被揭示。

　　穿过莉迪娅的小花园时，约安娜感觉到了这一切，对于要去的地方她一无所知，只知道她将曾经历的一切留在了身后。当她关上小门时，她离开了莉迪娅，离开了奥塔维奥，再一次独自一人,她走了。

一场风暴的开端已经归于平静,凉爽的空气轻柔地循环着。她再次爬上山头,心脏仍在无节奏地跳动。在那个时刻她寻求着那些小径带来的平和,下午和晚上之间,一只看不见的蝉鸣唱着同一首歌。废墟中,破旧的墙布满常春藤和爬山虎,随风摇曳。她停了下来,没有脚步声,她听到了寂静的移动。只有她自己的身体能打破宁静。她想象自己并不在场的宁静,猜测那些死去的事物和其他东西混合带来的新鲜、脆弱的鲜活,仿佛创造之初。

高大封闭的房屋,像塔一样孤谧。通向其中一所房子的是一条长长的、阴暗的、安静的街道,直到世界尽头。只是在它旁边可以看到一道斜坡,通向另一条街道,令人明白这不是终点。低矮宽阔的房子,破碎紧闭的百叶窗,布满灰尘。她对这个花园非常熟悉,那里有蓬松的杂草、红红的玫瑰、生锈的旧罐头。在盛开的茉莉花藤下,她会发现褪色的报纸、旧物件的潮湿木片。在厚重而古老的树木中,麻雀和鸽子一直在地上啄食。一只小鸟停下来休息,四处漫步,直到消失在灌木丛中。一座矗立在废墟中的宅邸,骄傲,壮丽。唯有终点来临,才能抵达那所房子。死在那处潮湿的大地上,接受死尸的好去处。但死亡不是她想要的,她也很恐惧。

水珠不断地沿着黑暗的墙壁流下来。约安娜停顿片刻，空虚而无动于衷地看着它。在一次散步中，她坐在生锈的小门旁边，脸紧贴着冰冷的栏杆，试图沉入院子里湿润、黑暗的气味中。那与世隔绝的静谧，那股香气。但那是很久以前的事了。现在她已与过去切断了联系。

她继续走。不再感到与莉迪娅谈话带来的灼热。她脸色苍白，过度的疲倦使她现在几乎轻飘飘的，她的线条更纤细、更纯净。她期待着一个终点，一个永远无法让她生命变得完整的终点。不可避免之事会降临于她，她想放弃、屈服。有时她走错了方向，脚步沉重，腿几乎无法挪动。但是她推动着自己，撑住了，以便在更远处才摔倒。她看着地面，金色草丛在每次碾压后都会谦卑地重生。

她抬起眼睛看见了他。那个经常跟着她，但从不接近她的男人。下午散步的时候，她已经在同一条街上多次见过他。她并不感到惊讶。她知道，一件事一定会发生。如刀一般锋利。是的，就在前一天晚上，躺在奥塔维奥身边，不知道第二天会发生什么，她想起了这个男人。如刀一般锋利……她试图从远处看清他，感到有点眩晕，她看到他幻化成无数个个体，占满了颤抖而不定的道路。黑暗离开她的视线时，她的额头被汗水浸湿了，她看到了他，在对比中，他如同可怜的一个小点，朝着她走来，迷失在漫长而荒凉的街道上。毫无疑问他会跟着她，就像其他时候一样。但她累了，停了下来。

男人的身影越来越近，越长越大，约安娜觉得她正在越来越深地陷入无望之中。她仍然可以撤退，她仍然可以转身离开，避开他。不是逃跑，她感觉到了这个男人的卑微。没有什么能阻止她在原地等着他接近。没有什么能阻止她，哪怕是恐惧。哪怕现在死亡来临，哪怕卑鄙、希望或痛苦到来。她只是停了下来。将她与所经历的一切联系起来的血管已经切断，存放在一个遥远的地方，要求合乎逻辑的延续，但它老了，死了。只有她自己苟活了下来，还在呼吸。在她面前，一片新的田野，黎明浮现，依然没有颜色。穿过薄雾，看他。她无法退缩，她不知道为什么要退缩。如果她在陌生人靠近之前仍犹豫不决，那是因为她害怕这又一次无情接近的生命。她试图紧紧抓住这段间隔，悬浮于中，在那个寒冷而抽象的世界，而不与血液相混合。

他来了。停在离她几步之遥的地方。他们没有说话。她的眼睛在凝视，宽广而疲惫。他颤抖起来，犹豫不决。在他们周围，树叶在微风中移动，一只鸟单调地吱吱叫。

沉默延伸开去，等待着他们将要说的话。但他们都没在对方身上发现一个词的开头。他们同沉默融为一体。他的心慢慢地不再扑腾，他的目光更深地停留在约安娜身上，轻轻地占据了它和它的疲惫。他盯着她，忘记了自己和自己的羞怯。约安娜感到他的目光进入了她，于是任其进入。

他说话时，她不知不觉地抬起了身体。对于她，流逝的时间无比之漫长，但是当他说出了第一句话，却并没有尝试开启谈话时，她意识到，实际上已经与原初有了不可估量的距离。

"我住在那所房子里。"他说。

她等待着。

"你想休息吗？"

约安娜点点头，他无言地看着蓬乱的头发在她小脑袋周围画出的明亮的光环。他在前面走，她跟着他。

他说话时，她不知不觉地抬起身体，拉下窗帘，阴影通过地板蔓延开去，直到关着的门。他为她拉了一把柔软的旧扶手椅，然后她坐入其中，蜷缩起双腿。他自己坐在狭窄的床边，上面覆盖着皱巴巴的床单。他一动不动地坐在那里，双手合十，看着她。

约安娜闭上了眼睛。她听到柔软的声响在房子里悠悠地伸展开来，一个孩子有些惊讶地发出了一声感叹。好像来自另一个世界，远处响起一只公鸡的洪亮的打鸣声。在万物的背后，静水轻流，树木轻摇，有节奏地呼吸着。

周围感觉到的一个动作让她睁开了眼睛。在半明半暗的房间里，她一开始并没有觉察到。她一点点看清了他跪在床边，他的脸在手中摇摆不定。她想叫他，但不知道该怎么做。她不想触碰他。然而，男人的痛苦越发向她涌来，约安娜在椅子上动了一下，等待着他的目光。

他抬起头，约安娜很惊讶。男人张开的嘴唇湿润得发光，好像有一盏灯从里面照亮了他。他的眼睛闪闪发光，但无法分辨是出于痛苦还是神秘的欢呼。他的前额向上扩张，在努力抑制颤抖中，他的身体几乎不能保持平衡。

"什么？"约安娜入迷一般低声说道。

他看着她。

"我很害怕。"他终于说。

他们互相凝视了片刻。她并不害怕，但感到一种紧致的快乐，比恐惧更为强烈，占有她并充斥她的整个身体。

"我会再来这所房子。"她说。

他突然惊恐地转向她，没有呼吸。一瞬间，她希望他大喊，或做出一个她无法猜到的疯狂动作。男人的嘴唇颤抖了一下。他勉强挣脱约安娜的目光，像疯子似的逃离，粗暴地把脸藏在他瘦长的手中。

男人的庇护

约安娜，约安娜，在等待她的到来时，男人想。约安娜，赤裸的名字，圣约安娜，如此童贞。她是多么无辜、多么纯真。他发现，她五官如孩童，双手如盲人的手一般善言。她不漂亮，至少作为一个男人，他从没梦到过她那样的女人，也没有渴望过。也许这就是为什么他多次跟着她走过街道，甚至不期待她的回眸……他不知道，他只是喜欢看她。她不漂亮。她漂亮吗？他怎么能知道？如此地难以发现，就像他之前从未见过她，就好像他未曾拥抱她那么多次。一瞬接着一瞬，她的脸上、她的动作中，出现了变化的征兆。即使在休息时，她也随时准备起身。他现在明白了什么？又神奇地感觉到什么？仿佛她已经解释了一切？——他问自己。他闭上了眼睛，双臂抱在床边。但只到外面传来约安娜的脚步声那一刻。因为在她面前，他从不放松。他向她靠去，一分一秒地等待她，吞没她。然而他并不疲倦，这种态度并没有让他失去自然。只是将他抛入另一种自然，之前从未被人所知。他现在是两个人，慢慢地，新生的自我长大了，控制了另一个他的过去。他闭紧嘴唇。他觉得冥冥中那些他所经历的折磨、屈辱、茫然是有道理的，只是为了让他现在迎来约安娜。并非曾经有人把他推到泥里或违背他的意志，并非他自认为殉道者。只是他从未期待过解决问题。即使是对女人，他会窥探，窥探又甩掉。即使是对那个女人，他现在正懒洋洋地躺在她的房子里，尽管他几乎无法忍受她的存在，一个令人厌倦的温柔的阴影。他用自己的脚走了两步，身体有意识地毫无温情地经历并承受着自身，将一切冰冷而天真地让渡给好奇。他甚至认为自己很开心。现在约安娜要来了，她，那个约安娜……他想在他困惑的想法中添加一个词，一个真正的词，一个艰难的词，但是一个念头再一次袭击了他：他不需要再想了，他不需要任何东西，任何东西……她很快就会到来。很快。但是听：很快……就是这样：约安娜解放了他。他活下去需要的东西越来越少：他想得更少，吃得更少，几乎不睡觉。她一直都如此。她很快就要来了。

他更紧地闭上了眼睛，咬着嘴唇，无由地感到痛苦。他随后睁开眼睛，房间里——空荡荡的房间！——突然他找不到约安娜来过的标记。好像她的存在是个谎言……他起来了。来吧，他心中某些炽热而致命的东西在呐喊。来吧，他低声重复，充满了恐惧,他的眼神迷茫。来吧……

几乎无声的脚步踩过外面的干树叶。约安娜又一次来了……她又一次从远处听到了他的声音。

他站在床边,目光空洞,像一个瞎子聆听遥远的音乐。她走近了,走近了……约安娜。她的脚步越来越变为真实,唯一的真实。约安娜。伴随着突然的刺痛,疼痛在他的身体里爆裂,快乐和困惑照亮了他。

为约安娜开门时,他就不存在了。他在自己内心深处滑行,徘徊在他自己那毫无防备的森林的半影中。现在他轻轻地移动,姿势轻松而新颖。他的瞳孔黑而宽,突然像是一只小动物,像鹿一样受到惊吓。然而,气氛变得如此清晰,他可以注意到附近任何生物的任何动作。他的身体只是新鲜的记忆,在这里感觉会被塑形,如同第一次。

白色的小船漂浮在厚厚的海浪上,碧绿,明亮,零乱——他看到她躺在那里,盯着墙上的小照片。

"三号,"约安娜继续说,她的声音清晰、轻盈,具有小而圆润的间隔,"三号那天办了一场盛大的游行,祝福即将出生的婴儿。人们唱着歌,挥舞着说不清颜色的旗帜,真是太好玩了。然后一个男人脆弱而迅速地起身,如同一个人悲伤时有清风吹来,他远远地说:我。没有人听到他,他却近乎心满意足。那时,从西北方吹来的大风吹起,沉重猛烈地踩在每个人身上。大家都回到了家,枯萎了,被高温烧焦了。他们脱掉鞋子,松开衣领。所有血液在所有血管中缓慢而沉重地流淌。一个巨大的'无事可做'横扫人们的内心。在此期间,地球依然在转动。这时,一个有名字的男孩出生了。他很漂亮,男孩。用来看的大眼睛,用来感觉的纤细嘴唇和瘦瘦的脸庞、高高的额头。他的脑袋很大。他像一个完全熟悉这个地方的人一样走路,从人群中毫不费力地穿过。无论谁跟着他都会到达。当他感动的时候,当他感到惊讶的时候,他会摇摇头,像这样,慢慢地,像一些获得超过期待的人。他很漂亮。最重要的是,他还活着。最重要的是,我爱他。我出生了,看到他时,我的心是崭新的。我出生了,我出生了,我出生了。下面是一首诗:亲爱的,我想要的,就是永远地见到你,亲爱的。就像我今天见到你一样,亲爱的。即使你死了,亲爱的。另一首:有一天,我听到花儿唱歌,平静而喜悦;然后我走了过去,神奇的是,不是花儿在唱歌,而是花上的一只小鸟。"

约安娜最后睡眼惺忪地讲话。她半闭着的眼睛中,船歪歪扭扭地漂浮在画中,房间里的东西伸展开来,闪闪发光,一个的结束给了另一个的开始。因为如果她已经知道"万物一体",

为什么要继续看、继续生活呢？那个男人，闭着眼睛，伏在她的肩膀上，听着，做梦但没睡着。夏日午后的鲜活寂静中，她听到松散的木地板上缓慢、低沉的响动。是女人，女人，那个女人。

前几次约安娜来到这所大房子时，她便想问这个男人：她现在像你的母亲吗？她不再是你的情人了吗？即使有我在，她仍然想你待在这所房子里？但她总是拖延提问。然而，另一个女人在这所房子里的存在如此强大，以至于他们三人组成了一对。而约安娜和那个男人再也不感到孤独。约安娜也想亲自问这个女人：但是在哪里，你们背后的灵魂在哪里游荡？然而，这个想法已经过去了。因为有一天她用余光看到了她，肥胖的后背在她的黑色蕾丝连衣裙下缩成不可分割的痛苦团块。在其他稍纵即逝的时刻，她也觉察到她，从一间卧室走到起居室，快速微笑，可怕地逃跑。然后约安娜发现她是一个活人，一个黑人。厚厚的耳朵，悲伤而沉重，里面如山洞一般黑暗。她的目光温柔而逃避，充满笑意，属于没有荣耀的妓女。湿润枯萎的厚大嘴唇涂成血红。她一定很爱这个男人。她蓬松的头发因反复染色而变得稀疏和微红。男人在他的卧室接待了约安娜，那个带窗帘的房间，几乎没有灰尘，她毫无疑问整理过了。就像一个女人缝她儿子的裹尸布。约安娜、那个女人和老师的妻子。什么将她们相连？恶魔版的美惠三女神。

"杏仁……"约安娜说着，转向那个男人，"词语的神秘与甘甜：杏仁……听着，小心翼翼的发音，喉咙里的声音，在我的口腔深处回响。它振动着，令我延长，舒展，弯曲如一张弓。苦杏仁，有毒而纯洁。"

三个苦涩、有毒而纯洁的美惠女神。

"讲给我听……"男人说。

"什么？"

"水手。如果你爱一个水手，你会爱上全世界。"

"可怕……"约安娜笑道，"我知道。我自己说过，它一定很真实，所以生来便押韵。好吧，我不记得了。"

"那是星期天，在广场上。港口的码头……"男人提示她。

有一天，他打破了与约安娜在一起时的沉默，他试着说：

"我一直什么都不是。"

"是的。"她回答道。

"但无论怎样你都不会离开……"

"我不会。"

"即便是这个女人……这所房子……这不一样，你知道吗？"

"我知道。"

"我知道，我一直都像个乞丐。但我从来没有要过什么，我不需要，也不知道。你来了，你知道吗？我之前总想，没什么不好的。但是现在……为什么你总是告诉我这些疯狂的事情，我发誓，我不能……"

然后，她用手肘支撑着自己，突然严肃起来，脸靠向他：

"你相信我吗？"

"是的……"她的粗暴让他吓了一跳。

"你知道我不撒谎，我从不撒谎，甚至是在……永远？你感觉到了吗？说出来，说出来。其余的并不重要，一切都不重要……当我说这些话的时候……这些疯狂的事情，当我不想知道你的过去，也不想讲述我自己时，当我编造词语时……当我撒谎的时候，你感觉到我没撒谎吗？"

"是的，是的……"

她任自己倒在床上，眼睛闭着，她累了。没关系，如果之后他不相信我也没关系，如果他像老师一样从我这里跑开，那也没关系。现在，和他在一起时，她可以思考。而现在也是时候了。她睁开眼睛，朝他微笑。一个男孩，就是这样。他一定有很多女人，他多情，有吸引力，有着长长的睫毛和冷酷的眼睛。直到此时他仍很坚固，我稍稍解散了他。那个女人希望有一天我最终会离开。他会回来的。

"那是在星期天的广场上？那个广场宽阔而孤单，"终于，她慢慢地试图回忆并回应男人的要求,"是的……阳光很强,牢牢系在地面,仿佛由此诞生。大海,大海的肚皮,无声无息,喘着粗气。星期天的鱼,迅速挥动尾巴,平静地继续前进。一艘静止的船。星期天。水手们沿着码头漫步,穿过广场。一条粉红色的连衣裙在街角出现又消失。树木在星期天结晶(星期天,一切都如圣诞树),静静地放着光芒,像这样,这样,屏住呼吸。一个穿着新裙子的女人和一个男人走了过去。男人什么人都不想成为,他走在她身边,几乎正面看着她,问她,问她:说话啊,命令啊,踩路啊。她没有回答,微笑着,纯洁的星期天。心满意足,心满意足。没有伤口的纯粹悲伤。悲伤似乎来自穿着粉红色裙子的女人身后。星期天港口的码头上的悲伤,水手被借给了陆地。这种轻盈的悲伤是对活的确认。因为不知道如何使用这突如其来的知识,所以悲伤到来了。"

"这次的故事不同。"停顿片刻,他抱怨道。

"我只能说出我看到过的而不是我在看的。我不知道怎么重复,我只能知道事物一次。"她向他解释。

"这是不同的,但你看到的一切都是完美的。"

在他的脖子上,他戴着一条小链子,上面穿着一枚小金币。一面是圣特蕾莎,另一面是圣徒克里斯托弗。他是两个人的信徒:

"但圣徒这种事我不大上心。只是偶尔。"

她曾经告诉过他，当她还是个孩子的时候，她可以花一整个下午玩一个单词。所以他让她发明点新词。她从来没有像在那些时刻那样渴望他。

"再告诉我 Lalande 是什么。"他请求约安娜。

"就像天使的眼泪。你知道天使的眼泪是什么吗？一种小水仙花，一丝微风都会让它从一头弯到另一头。Lalande 也是黎明时分的海。那时太阳没有升起，没有任何目光投向大海。每次我说 Lalande，你应该感觉到凉爽的、咸咸的海风，你应该沿着依旧黑暗的海滩走，慢慢地，赤身裸体。很快你就会感受到 Lalande……相信我，我是最了解大海的人。"

有时，他不知道自己是活着还是死了，他所拥有的一切是太少还是太多。当她说话时，她疯了一般在编造，疯了！完满填充进他的体内，如此巨大，仿佛空虚，他的痛苦是水上宽广空间清澈的痛苦。为什么面对她，他总是很害怕，像月光下的白墙一样茫然？或许他会突然醒来并大喊：这个女人是谁？在我的生命里，她占得太多了！我不能……我想回去……但他再也不能——他突然感觉到这一点，茫然地惊惧起来。

"亲爱的。"她打断了男人的想法。

"是的，是的……"他把脸埋在那柔软的肩膀上，她感觉到他的呼吸来回穿过她。他们是两个生命。还有什么重要的吗？她想。他动了一下，把头放在她的肉上……就像一只变形虫，一只原生动物，盲目地寻找着细胞核，生命的中心。或者像个孩子。外面的世界在流逝，白昼，白昼，然后是夜晚，然后是白昼。总有一次，她不得不离开，再次分离。他也一样。离开她吗？是的，很快，她那过多的神奇就会让他不堪重负。像其他人一样，莫名其妙地觉得自己很羞耻，会渴望离开。但这样会导致一个报复：他不会完全解脱。他最终会对自己感到惊诧，妥协，充满了不确定的痛苦责任。约安娜笑了。他最终会恨她，好像她在要求他什么一样。就像她的婶婶和叔父，他们尊重她，但是，因为预感到她不爱他们的快乐，他们错误地认为她自感优越并因此而鄙视她。天啊，她又在回忆，对自己讲自己的故事，为自己辩护……她可以要男方来证明：我就像那样吗？但他知道什么？他把脸靠在她的肩膀上，藏起来，在那一刻可能感到幸福。摇晃他，告诉他：伙计，这就是约安娜，伙计。就这样，她变成了一个女人，老去。她自信非常强大，但她感到不幸福。如此强大，因此她在进入路途之前就选好了路径——而且只是用思想。如此不幸，但自认为强大，她不知道如何处置她的力量，看着每一分钟的流逝，因为她不能把它引向终点。就这样，约安娜长大了，伙计，如同松树一般纤细，而且非常勇敢。她的勇气在卧室里得到了发展，灯关掉的时候，闪闪发光的世界在无惊无惧、无羞无耻中形成。很早，她就学会了思考，因为除了她自己，她身边没有任何人，所以她很累，她很痛苦，她经历着痛苦的自豪，有时，它很轻，但几乎难以承受。约安娜的故事会有怎样的结局？如果那让莉迪娅目瞪口呆的目光保持并增强，那么：没有人会爱你……是的，就那样结束：尽管约安娜是世间松散而孤独的生物，却没人想过给她什么。不是爱，他们总是给她一些其他的情感。她过着自己的生活，像处女一样如饥似渴——为了进入坟墓。她问自己很多问题，但永远无法回答：停下来，去感受。三角形是怎么来的？先有一个概念？或者是先有形状？三角形的出现是命运的必然吗？世界很丰富。——她想花时间研究这个问题。但爱侵入了她。三角形，圆形，直线……像琶音一样和谐而神秘。音乐没有奏响时它会在哪里？——她问自己。她投降一般地回答：当我死时，愿他们用我的神经做一架竖琴。

　　约安娜清醒的终点与海浪上歪歪扭扭的船混在一起，晃动。她所要做的就是摆着头，让海浪跟上。但她曾拥有过，啊，拥有过。丈夫，乳房，情人，房子，书籍，短发，婶婶，老师。婶婶，听我说，我认识约安娜，我现在说的就是她。面对事物，她很脆弱。对她来说，有时，一切都太珍贵，不可触摸。有时，别人用来呼吸的空气，对她则是重负和死亡。试着去理解我的女主人公，婶婶，听。她模糊而大胆。她不去爱，她不被爱。你最终会注意到这一点，一如莉迪娅——一个充满了自己命运的女人——她所看到的那样。然而，约安娜内心拥有的东西远比别人所能给予的爱更强大，她内心想要的比所接收的爱更多。婶婶，你明白吗？我不会称她为英雄，因为我自己答应了爸爸。因为在她身上有一种极大的恐惧。一种先于任何判断和理解的恐惧。——刚才我想到了这一点：也许，我们相信可以在未来苟活，因为我们注意到生活总是对我们置之不理——你懂吗，婶婶？——忘记未来生活的纷扰——你明白吗？我看到你的眼睛睁着，恐惧地、不信任地看着我，但即便如此，你仍然想爱我，以你衰老的如今已死去的女人味儿，是的，如今已死去了，忽略我的粗糙。可怜的你！我所感受到你心中最强烈的反抗，除了那些因我而起的，可以用我如今每天仍然能听到的那句话来概括，里面有我不能忘记的你的味道："哦，不能穿着你现在穿的这身衣服出门！"还能告诉你什么？我剪短了头发，是棕色的，有时会留刘海儿。有一天我会死。就像我的出生。那里有个房间，里面有两个人。他很好看。房间旋转了一下。它变得透明、温暖，一层面纱越来越近。他们三个组成了一对，能把这件事告诉谁？她能睡觉，因为这个男人从不睡觉，会像落下的雨一样守着她。奥塔维奥也很帅,眼睛好看。这个男人是孩子,变形虫,花朵,白色,温热,仿佛睡意,现在是时候了,现在是生命,即便以后……一切都像大地,一个孩子,莉迪娅,一个孩子,奥塔维奥,大地,自深深处……

毒　蛇

我轻轻地逾越了一样东西……

时钟敲响了十一声,打破了夜晚的沉默,奥塔维奥正在看书。

我轻轻地逾越了一样东西……这是一种印象。这种轻盈的来处我不知道。窗帘懒洋洋地在其腰部聚拢。还有那黑色的污迹,静止不动,两只眼睛盯着,什么都说不出来。上帝栖息在一棵窓窣的树上,直线水平而冰冷地行进,尚未结束。这是一种印象……这些瞬间慢慢滴落得成熟,一个人倒下,另一个人站起,他轻飘飘的,有着一张小而苍白的脸。突然间,这些时刻也结束了。非时间顺着我的墙壁流下,曲折而盲目。慢慢积聚在一个黑暗而安静的游泳池里,我喊道:我活过!

夜让外面的世界寂静无声,蟾蜍时不时地呱呱叫着。每个灌木丛都是静伫收缩的一团。

远处微红的灯光闪烁着,颤抖着,无眠的双眼。一片漆黑,宛如水中。

在停顿中，高大纤细的向日葵照亮了花园。

在那一瞬间，该想些什么？她是如此纯洁和自由，她可以选择，但她不知道。她看到一些东西，但不能说出来或者根本没有想到，她发现她的身体仿佛融化在黑暗中。她只能感觉，满心期待地透过窗户看，像是在夜晚中看她自己的脸。这是她能达到的最高点吗？靠近，靠近，几乎触碰得到，但感觉到她背后的波浪在坚定柔软的潮汐中吸吮她，啜饮她，给她留下幻觉和不可捉摸的记忆……即使在那一刻，她感受到了夜晚和她自己模糊不清的思绪，她仍与它们保持着距离，只作为一个封闭的小块儿，观察着，观察着。微弱的光芒默默地闪烁着，疏远，孤独，不被征服。她从不投降。

她环顾四周，起居室轻轻地喘着气，灯光昏暗，仿佛处于眩晕。她微微抬起头，仔细检查了这处空间，发现房子的其余部分在黑暗中消失了，严肃而模糊的物体在角落里飘浮。出门后她要摸索着找路。特别是，如果她是个孩子，在婶婶家，晚上醒来，嘴巴干，去找水喝。她知道每个人都被孤立在不可逾越的神秘梦境中。特别是，如果她是个孩子，在那样一个夜晚，或者那样一些夜晚，当她穿过天幕，会被庭院中那静谧的月光吓到，就像在墓地里一样，自由的优柔寡断的风……特别是，如果她是这个受惊的孩子,会在黑暗中撞到不明物体,每次一碰到,它们就会突然凝聚成椅子和桌子,变成障碍,睁开那双冰冷与拒绝的眼睛。但它们也是囚徒。击打的痛苦过后,水泥露台暴露在月光下,渴爬上了她的身体,如同记忆一般。房子深沉寂静,相邻的铅灰色的屋顶一动不动……

约安娜再次试图回到起居室,回到奥塔维奥身边。她脱离了事物,脱离了她自己的事物,由她创造的活生生的事物。如果人们把她扔在沙漠中,扔在冰川的孤寂中,扔在地球上的任何地方,她依然会拥有那双同样白色而下坠的双手,依然那么疏离,几近宁静。拿一捆衣服,慢慢离开。不要逃跑,而是走。就是如此,如此甜蜜:不要逃跑,而是走……或者,大声喊叫,大声地、直接地、无限地喊,闭着平静的眼睛。行走,直到看见那些微小的红灯。仿佛于开始或结束之中那般颤抖。她快死了吗?或是即将出生?不,不要走:紧紧抓住那一刻,就像专注的目光抓住空,静默,固定在空气中……

远处一辆有轨电车颤巍巍地穿过她,好像是在隧道里。在隧道里的夜车。再见。不,那些晚上旅行的人只是看着窗外,但不说再见。没人知道那些陋屋在哪儿,肮脏的身体是黑暗的,不需要光线。

"奥塔维奥。"她说,因为她迷路了。

约安娜不善表达的声音轻盈而直接地划过了房间。他抬起眼睛：

"怎么了？"他问。他的声音是有血有肉的，让房间重新聚拢到房间里，指示和定义着事物。一口气让火焰活了。人群进入了空旷的广场。

她挣扎了一下，颤抖了一下，醒了过来。灯光下，一切重新闪烁，平静而快乐，像在家里一样。在她影子的范围内，等待的无力感梦游一般穿过她，就像鸟儿穿过夜空。

"奥塔维奥。"她再次说。

他在等待。这时，她再次意识到房间、男人和她自己，她的火焰长大了一点，她知道她应该让一切合乎逻辑，男人正在等她继续。她找到一个通告，一个请求，一个正确的词：

"我有一个印象，你到我身边，只是为了给我一个孩子。"她说，直到现在她才有机会履行她对莉迪娅的承诺。就连继续下去与要个孩子都是和未来相连。

奥塔维奥害怕地盯着她，毫无温情可言。

"但是，"过了一会儿，他低声说，声音犹豫不决，羞涩而嘶哑，"但是你不觉得我们之间的一切都已经结束了吗？——几乎从一开始……"他试探着说。

"只有当我有了孩子时才会结束。"她又说了一遍，含糊但执着。

奥塔维奥睁开眼睛看着她,他的脸色苍白,在台灯的照射下突然疲惫不堪,书就在那里摊开着。

"这个想法有点勉强,你不觉得吗?"他讽刺地问道。

她没有理会:

"我们之间有的还不够。如果我还没有给你一切,也许你哪天可以打电话给我,我也许也会想你。但如果有了孩子,我们就什么都不剩下了,只能分开。"

"那孩子怎么办?"他问,"在这个智慧的安排中,那个可怜的孩子该怎么办?"

"哦,他会活着的。"她回答。

"就这样吗?"他又一次试图讥讽。

"除此之外,还能做什么?"她把这个问题轻轻地抛到空中,不期待得到回复。

奥塔维奥以为她在等待,尽管他对服从她感到害羞乃至愤怒,他还是犹豫地回答:

"比如,幸福。"

约安娜抬起眼睛,从远处亦惊亦喜地看着他——为什么?——奥塔维奥害怕地问。他脸红了,好像开了一个荒唐的玩笑。她看到他生气了,在椅子底部缩成一团,像是有人朝他脸上吐了口水一般，受了冒犯和侮辱。她没有动，但身体向他倾斜，充满了悲悯，又不只是悲悯——她把嘴唇闭在一起，感到迷茫———种充满泪水的爱。她眼睛闭上片刻，试着不去看他，不想再要他。内心深处，她依旧可以与奥塔维奥相通，但他不知道这是什么。也许她告诉他她的恐惧就够了。比如，用词语总结那种羞耻感，她大声呼唤服务生，其他人都听到了，唯独他没有。她笑了。奥塔维奥一定想听这个。或者总结一下她逃跑的心态，她发现每次置身于快乐的男男女女中间，她就不知道该如何安置自己，并展示她的身体。或许她错了，坦白不会让他们更亲密。就像小时候，她曾经想象，如果她能告诉别人"字典的秘密"，她就会永远与那个人连在一起……就像这样：在"l"之后去寻找"i"是没有用的……在"l"之前的字母是同伴，像豆子一样散落在厨房桌子上。但在"l"之后，它们严肃而紧凑地急匆匆向前，你可能永远找不到一个像"a"这样简单的字母。她笑了，慢慢睁开眼睛，现在她平静、虚弱，可以冷冷地看着他。

"你很清楚不是这个问题。哦，奥塔维奥，奥塔维奥……"片刻之后，她低声说道，火焰突然被重新点燃了，"我们之间究竟怎么了，究竟怎么了？"

奥塔维奥回答了，他的声音粗糙而急促：

"你总是丢下我一个人。"

"不……"她吓了一跳,"那是因为我所拥有的一切没法给人。也不能夺别人的。我可能会在自己面前渴死。孤独融进了我的本质……"

"不,"他固执地重复,眼神浑浊,"你总是丢下我一个人,因为你想这么做,因为你就想这样。"

"这不是我的错,"约安娜喊道,"相信我……孤独来自每一具身体都有其不可逆转的终点,这点刻在了我的骨子里,爱在死亡中终结,这也刻在了我的骨子里……我的存在一直都带着这个印记……"

"我起初被你吸引了,"他讽刺地说,"以为你会教我更多的东西。我需要的,"他压低了声音,接着说,"是我猜你有却一直被你否认的东西。"

"不,不……"她脆弱地说道,"相信我,奥塔维奥,我最真实的所知已经穿过我的皮肤,几乎是诡诈地降临在我身上……我所知道的一切,我从未学过,也不可能教给人。"

一瞬间他们沉默了。一瞬间,约安娜看到自己坐在父亲身边,头上戴着一个蝴蝶结,在一间候诊室里。她父亲的头发蓬乱,有点脏,满身大汗,表情愉快。她感觉蝴蝶结高于一切事物。她一直在用脚踩着泥巴玩,还没有洗脚就穿上了鞋子,现在沙砾在皮鞋里吱吱作响。她父亲怎么这么大意？他怎么没注意到他们有多惨？别人看都不看他们一眼。她想向每个人证明她会保持这样，父亲是她的，她会保护他，她永远不会洗脚。她看到自己坐在父亲身边，不知道这一幕前一秒或后一秒发生了什么。只有一个影子，她躲在影子底下，听见混乱的音乐在它的深处，无形而盲目地喃喃。

"然而，"奥塔维奥继续说，"你自己说过，在某个你可以快乐的瞬间，你能克服对死亡的恐惧。两个人住在一起，"他低声说，"也许想要的就是到达那个瞬间。但你不想。"

她没有回答。当她不回答时，他会惊慌失措，回想起他的童年：大人很生气，他不得不心怀歉疚地去保证，去取悦。他记起以前对约安娜的愧疚，想要立马摆脱它，这将永远不会再让他感到负担。虽然他知道他会口是心非，但他无法控制自己：

"你是对的，约安娜。我们拥有的一切都是原材料，但没有任何东西能一成不变。"他说，看到约安娜抬起的眉毛，他的脸立即布满了羞愧。他强迫自己继续："难道你不记得？你曾经告诉我：'今天的痛苦将成为你明天的快乐；没有任何事物是一成不变的。'你不记得吗？也许那话并不完全一样……"

"我记得。"

"嗯……当时我认为你的话并不简单。我甚至生气了，我估计……"

"我知道，"约安娜说，"你告诉我，如果你的肝疼，我会冲着你的脚说些漂亮而没用的话。"

"是的，是的，就是这样，"奥塔维奥惊到了，他说得很快，"你根本没有被吓倒，我不觉得。但是……看，我想我没有告诉过你，后来我明白，你所说的并不是虚言……我想我从来没有对你坦白过，有吗？你看，我其实认为这句话是对的。没有什么会一成不变……"他脸红了。"也许这就是秘密，也许这就是我猜你有的……有些东西会变化。"

她沉默着，于是他再次鼓舞自己往下说：

"你承诺得太多了……你给人们提供了所有可能，在他们心里，用一个眼神……我不知道。"

他第一次开玩笑说她说的是漂亮的废话时，她没有表现出自负或自卑，现在她也没有对奥塔维奥的谦逊感到高兴。他看着她。再次不知道该如何与那个女人相通。她又赢了。

房间里一片寂静，灯光和空虚停在钢琴的白键上。有些东西死去了，缓慢而真实地死去了。想把生活的快乐恢复到那一瞬间，是白费功夫。

"接下来会发生什么？"奥塔维奥咕哝道，这次他屈服于事情的深处，他被卷进了约安娜的真实。

"我不知道。"她说。

奥塔维奥端详着她。她在思考什么，如此疏远？她似乎在某样移动的东西的中心盘旋，身体飘浮着，没有支撑，几乎不存在。就像她谈到过去的事，而他觉得她在撒谎时一样。约安娜的脑袋轻轻摇动，她轻轻地歪着额头，抬起，含含糊糊，起初有一个坚实而狡黠的细胞核，但之后一切变得灵动而天真。灵感指引着她的行动。奥塔维奥盯着她，忘记了自己。痛苦缩紧了他的心，因为如果他想触摸她，他将无法触到，那个生物周围有一个不可逾越、无法企及的圆圈，将她隔离。此时，苦涩攥住了他，因为他不觉得她是个女人，他的男子汉气质变得毫无用处，除了是个男人，他不可能是任何其他事物。伊莎贝尔的花园里曾经种着白玫瑰。他经常困惑地看着它们，不知道如何去拥有它们，因为在它们面前，他唯一的力量，即一个生物的力量，是毫无用处的。他把花朵贴在脸上，按在唇上，吸入香气。花朵优雅茂盛地颤抖着。他常常想，如果它们有厚厚的花瓣就好了，如果花儿是坚硬的就好了……如果落在地上会发出干涩的响声，就太好了……他感觉到花朵越来越美，征服了他，就像约安娜一样，就像约安娜撒谎时一样，他陷入了一种无能的暴怒：他碾碎了花朵，咀嚼了花朵，摧毁了花朵。

现在他看着她，不知道该如何定义那张脸，他想重现旧时的感觉，重回表姐伊莎贝尔的花园。

但他现在没有其他任何想法，他突然明白，约安娜要离开了。是的，他会继续生活，还有莉迪娅，孩子，他自己。她要离开了，他知道……但是有什么关系呢？他不需要约安娜。不，不是"不需要"，而是"不能"。突然间，他真的无法理解他是如何在她身边生活了这么久的，他觉得在她离开后，他只需要把现在和那个遥远的过去连接起来——表姐伊莎贝尔的房子，莉迪娅当他的未婚妻，他要写一本严肃的书的计划，他那如同毒瘾一般温暖甜蜜、令人厌恶的折磨——与过去的连接只是被约安娜切断了。摆脱她是件好事，他就能继续写那本和民法有关的书。他已经看到了自己走在熟悉事物中的场景。

但他也异常清晰地看到，也许在一个下午，他会感觉胸部细微的疼痛，眯着眼睛，不去看也知道手里空空荡荡。约安娜离开他时，他会产生一种难以言喻的失落感……她会现身，并非作为普通记忆出现在脑海里，而是在他身体中央，模模糊糊而又清晰无比，像突然敲响的钟声一样打断他的生命。他会痛苦，仿佛她在撒疯狂的谎，但他似乎不能驱除这个幻觉，而是吸入得越来越多，就像吸入身体里面的一种气体，它有幸可以变成水。他会感受到他心中开阔而明澈的空间，没有一颗约安娜的种子能够长成覆盖那处空间的森林，因为她像未来的思想一样不可占有。然而，她是他的，是的，深深地，无处不在，像是曾经听过的一首歌。我的，我的，不要离开！——他从灵魂最深处恳求着。

但他不会说出这样的话，因为他希望她离开，如果约安娜留下来，他不知道该如何对待她。他会回到莉迪娅身边，她怀了孩子，而且是个广阔的女人。他慢慢地意识到，他已经选择放弃他生命中最珍贵的东西，放弃了在约安娜身边经历过的一小部分折磨。一阵痛苦过后，他似乎自暴自弃，眼睛因疲倦而闪闪发光，他感到寄希望于未来的无能为力。他终于看到了自己剧烈而奇异的净化，仿佛正在慢慢进入一个无机世界。

"你真的想要一个孩子吗？"他问，他对陷入的孤独感到恐惧，突然想与生活建立联系，他想依靠约安娜，直到能依靠莉迪娅为止，就像跨越深渊的人，紧紧抓住较小的岩石，直到爬上最大的岩石。

"我们不知道如何让他活下去……"约安娜说道。

"是的，你说得对……"他惊恐地说。他强烈地渴望莉迪娅的存在。回到过去，永远回去。他明白这将是他与约安娜的最后一晚，最后一晚，最后一晚……

"不……也许我是对的，"约安娜继续说道，"也许一个人在生孩子之前并不会考虑这些问题。打开一盏光线强烈的灯，一切都很明亮、很安全，每天下午喝茶，绣花，上面顶着比这更明亮的灯。孩子会活下去。这是事实……所以你不用担心莉迪娅孩子的生活……"

奥塔维奥脸上的肌肉没有动，眼睛也没有眨一下。但是他整个人都凝住了，苍白的脸色闪闪发光，像一根点燃的蜡烛。约安娜继续慢慢地说，但他没有在听，因为慢慢地，几乎未经思考，愤怒从他沉重的心里涌起，他的耳朵变聋了，眼睛蒙上了阴影。什么……愤怒步履蹒跚，喘着粗气，在他身上挣扎，所以她知道莉迪娅，也知道她有了孩子……她知道却什么也没说……她欺骗了我……令人窒息的电荷在他体内越积越多——她平静地接受了我的不轨……继续睡在我身边，忍受着我……多久了？为什么？老天啊！为什么？！……

"坏人。"

约安娜吓了一跳，迅速抬起头。

"恶人。"

他肿胀的喉咙几乎发不出声音，粗壮扭曲的静脉在他的脖子和额头上胜利地悸动。

"是你的婶婶把你称为毒蛇的。毒蛇，是的。毒蛇！毒蛇！毒蛇！"

现在他失控了，歇斯底里地大喊大叫。毒蛇。每一声尖叫，一旦从痉挛的泉眼中释放,便在空气中几近快乐地振动。她看着他把拳头疯狂地砸在桌子上,愤怒地哭泣着。多久了?因为约安娜意识到,就像远处的音乐一样,一切照常存在,尖叫不是孤立的箭,而是融入了存在的事物。直到他突然筋疲力尽、空空荡荡,慢慢地坐在椅子上。他的脸垂了下去,眼睛死死地盯着地上的一个点。

两人陷入了一种孤独而平静的沉默。或许已经过去了很多年。一切都像永恒的星辰一般明澈,他们平静地悬浮着,以至于可以感觉到未来的时间在他们的身体里清晰地流淌着,带着漫长过去的厚度,那正由刚刚经历的一瞬又一瞬构成。

直到黎明的第一道光线开始溶解黑夜。花园里,黑暗幻化成一道面纱,向日葵在刚起的微风中颤抖。但星星点点的灯光仍然在远方闪烁,仿佛在大海深处。

男人的离开

第二天她收到了男人写的一张字条,向她告别:

"我不得不离开一段时间,我必须走,他们来找我了,约安娜。我会回来的,我会回来的,等我。你知道我什么都不是,我会回来的。如果不是因为你,我甚至不能去看或听。如果你离开我,我会活上一点时间,小鸟留在空中而不拍打翅膀的时间,之后我会坠落,我会坠落,死去。约安娜。我现在不死的唯一原因是我会回来,我无法解释,但我能通过你看到。愿上帝帮助我,也帮助你,你是我的唯一,我会回来的。我从没和你说过这么多,但我没有违背我的诺言,不是吗?我非常了解你,你需要我做什么我都会去做。上帝保佑你,送给你我的圣克里斯托弗和圣特蕾莎小章。"

她慢慢合上这封信。在过去的几天里,她记起了那个男人的脸,那双湿漉漉、浑浊、如同病猫一般的眼睛。还有眼周如暮色一样黑暗发紫的皮肤。他去哪儿了?他的生活无疑一团糟。

一堆乱七八糟的事实。不知怎的,她觉得他与这些事实毫无关系。那个供养他的女人,他对自己的心不在焉,让他成了一个没有开始也没有结局的人……他去哪儿了?最后的日子里,他会受很多苦。她该告诉他,本来已经打算这样做,但后来,由于疏忽和自私,她忘了。

他去哪儿了?——她想知道,双臂空空。旋风转着,转着,她被重新放在了道路的起点。她看着那张字条,字迹纤细而犹豫,句子写得用心而艰难。她再一次看见爱人的脸,微微爱上了他那清晰的五官。她闭上眼睛片刻,再一次闻到那处黑暗走廊的气味,那所房子她还未探索完全,只认识了其中一个房间,在那里她再次遇到了爱情。老苹果,甜而老的苹果味道从墙上,从它的深处传来。她再一次看见那张狭窄的床,被宽大松软的床所取代,她再一次看到了那个男人的欢快和羞怯,他打开了门,凝视着约安娜的脸,让她大吃一惊。那艘小船航行在过于碧绿的波涛上,几乎被淹没。她半闭着眼睛,船开动了。但是一切都从她身上滑过,没有什么能占有她……总之,只是一个停顿,一个单一的音符,虚弱而清脆。是她侵犯了男人的灵魂,将一种他尚未理解的邪恶之光注入。她自己几乎毫发无损。一个停顿,一个轻轻的音符,没有回响……

现在,一个生命的圆圈又关上了。她待在奥塔维奥寂静无声的房子里；在每一处所在，都能感受到他的离去，前一日他的物品尚在，而现在却有一种覆上微尘的空虚。好在没有看着他离去。好在最开始时，当她痛苦地注意到他的离开时，她还以为她拥有情人。"当她注意到奥塔维奥的离开时……？"她想。但为什么说谎？离开的人是她，奥塔维奥也知道。

她脱掉了为了去看那个男人而穿的衣服。那嘴唇湿润而松弛的女人一定会很痛苦，孤独而苍老地留在那所大房子里。约安娜甚至不知道他的名字……她也不想知道，她告诉他：我想通过其他方式认识你，沿着其他道路追随你的灵魂；我不想知道你过去的生活，不想知道你的名字、你的梦想、你的痛苦历史；神秘比清晰更能说明问题；也不要打听我的事，什么都不要问；我是约安娜，你是一具活生生的身体，我也是一具活生生的身体，仅此而已。

啊！傻瓜啊，傻瓜！如果她知道他的名字、他的希望和伤痛，也许会爱上他，并感到痛苦。实际上，他们之间的沉默因此而更加完美。但这又有什么意义……只有身体在活着。不，不，这样更好：每个人都有身体，总是把它向前推，贪婪地想要活下去。人们贪心地想爬到别人头上，以感人而狡黠的懦弱，要求更好的存在，更好。她打断自己，手里拿着衣服，专注而轻盈。她意识到了自己的孤独，处于空荡荡的房子的中心。她感觉到奥塔维奥正和莉迪娅在一起,和那个孕妇一起逃亡,她充满了播撒整个世界的种子。

她走到窗前,裸露的肩膀感到寒冷,望着大地,植物在那里静静地生长。地球在移动,她站在上面。一扇窗边,头顶的天空明亮无垠。为每一件事都痛苦,对抗所有发生的事也无济于事,因为事实只是衣服上的一道裂口,无声的箭头再次指向事物的深处,一条干涸的河流,露出了裸露的河床。

下午的凉意让约安娜泛起鸡皮疙瘩,她无法清晰地思考——花园里有什么东西让她分心,让她动摇……她保持警惕。某样东西试图在她体内移动着,应答着,顺着她身体的黑暗墙壁,轻盈、清新而古老的波浪再次涌起。她几乎吓到了,想把这种感觉带往意识,但在温柔的眩晕之后,她被柔软的手指拖着向前。如同在清晨。她审视着自己,突然清醒起来,她似乎走得太远了。清晨?

清晨。她曾去过那里,她又置身于那处无比怪异无比神奇的土地,只是为了现在才闻见它的味道?湿润大地上的枯叶。她的心慢慢收紧,打开,她屏息等待……那是个清晨,她知道是在清晨……她缩了回去,仿佛一个孩子脆弱的手,她不能呼吸,如在梦中,听到小鸡在地上啄食的声音。炎热而干燥的大地……时钟叮叮当当地响……叮……当……阳光在房子上降下黄色和红色的玫瑰雨……上帝啊,如果不是她自己,那又是什么呢?那是什么时候呢?并不永远如此……

粉色的波浪变暗了,梦逃跑了。我失去了什么?我失去了什么?不是奥塔维奥,他已经走了,也不是她的爱人,这个不幸的男人从未存在过。她突然想到,他一定是被抓了,她把思绪不耐烦地推开,逃跑,加速……好像一切都加入了同样的疯狂,她突然听到附近的一只公鸡发出剧烈而孤独的鸣叫。但现在不是黎明,她颤抖着说,安抚着冰冷的额头……公鸡不知道它会死!公鸡不知道它会死!是的,是的,爸爸,我该怎么办?啊!跟不上小步舞曲的拍子……是的……时钟已经叮叮当当响起,她踮起脚尖,在那一刻世界更轻盈地旋转。什么地方有花朵?她有一种巨大的渴望,溶解,直至将她的纤维融入万物的开始。形成一种单一的物质,粉红的,柔软的——呼气吸气,像一个起起伏伏的肚子,起起伏伏……还是她弄错了,那种感觉属于当下?在那个遥远的时刻,存在一样绿色而模糊的东西,是对延续的渴望,耐烦或不耐烦的纯真?空空的所在……什么词可以表达:那个时候,有一样东西不会被凝缩,反而活得更自由?睁着的眼睛飘浮在泛黄的叶子之间,白云和远处的田野铺展开来,仿佛要罩住大地。现在……也许她已经学会了说话,仅此而已。但是那些词语漂浮在她的海面上,不可溶解，坚硬无比。之前，她是纯净的大海。现在，过去只留下一点点水，在她体内轻盈而颤抖地流淌，那是流过鹅卵石的古老而阴暗的水，在树下变得清凉，枯萎的褐色树叶装点着河岸。上帝啊！她就这样温柔地深陷进对自己的不理解中。更过分的是，她竟然任自己随着坚定而柔软的潮汐飘摇。有一天，她会再与自己相聚，不再有坚硬孤独的词语……她会融合自己，再次成为无声、粗暴、广阔、静止、盲目与鲜活的海洋。死亡会把她和童年连起来。

但大门的栅栏是由人制造的，它在阳光下闪闪发光。她注意到了它，在这突然袭来的震惊中，她又一次成为一个女人。她颤抖着，失去了梦想。她想回去，回去。她在想什么？啊，死亡会把她和童年连起来。死亡会把她和童年连起来。但现在她的眼睛冷了下去，转向外面。现在死亡是另一种，因为大门的栅栏是由人制造的，因为她是一个女人……死亡……突然间，死亡只是停止……不！她吓得尖叫起来，不要死亡。

现在她已经跑到了自己前面，远离了奥塔维奥和那个消失了的男人。不要死。因为……事实上，她体内的死亡在哪里？——她慢慢地、狡猾地问自己。她睁大了眼睛，仍然不相信竟然编出了如此新奇、如此炫目的问题。她走到了镜子跟前，看着自己——我还活着！浅淡的脖子从纤细的肩膀上升起，我还活着！——她在寻找自己。不，听！听！她身上不存在死亡的开端！仿佛在穿过自己的身体，找寻中，她感到一阵健康的微风从她的体内升起，全身绽放、呼吸……

所以她不能死，她慢慢地想。慢慢地，这个脆弱的想法深深地吸了一口气，长大了，变得紧凑而完整，就像一个恰如其分的方块。没有空间给其他的存在，没有空间给疑惑。她的心跳得很厉害，专注地聆听着自己。她大声笑了起来，那是颤抖而婉转的笑声。不……但很清楚的是……她不会死，因为……因为她无法结束。是的，是的。匆匆一瞥，来自一个老人，也许是一个女人，只是若干模糊不清的面孔混合在一起，摇着他们的头，抗拒着，衰老着。不，从崭新真实的深处，她轻声告诉他们，不……那些面容化为烟尘，因为她一如既往。因为她的身体从未需要过任何人，它是自由的。因为她走过街道。她喝水，取消了上帝、世界、一切。她不会死。太容易了。她伸出她的手，不知道知道这一切后该怎么做。也许去爱抚自己，亲吻自己，充满好奇和感激地承认自身。不被理智所困，她觉得死亡是如此没有道理，因此她现在惊呆了，充满了恐惧。她会永恒？她很暴烈……思绪迅疾而明亮，仿佛电光火石，融入感情而非思想。她毫无过渡地变化了，以轻盈的跳跃，从一个层面到达另一个层面，越来越高，越来越清晰，越来越紧凑。

每一个瞬间,她都越来越深地坠入自身,进入乳白色的洞穴,呼吸充满活力,充满对旅行的恐惧和快乐,也许就像熟睡中的下坠。那些时刻是脆弱的,这种直觉令她动得十分之轻,唯恐触碰、激荡与消解那个奇迹,那个试图生活在她体内的光与气构成的温柔存在。

她又一次移到窗前,小心翼翼地呼吸着。她沉浸于如此精细而强烈的快乐,仿佛如冰一般冷,几乎就像是对音乐的感知。她站着,嘴唇颤抖、严肃。她是永恒的,永恒。广阔的棕色田野明亮而杂乱地出现,还有熠熠生辉的绿色河流,愤怒而有节奏地流淌着。像大火一样闪闪发光的液体从她透明的如同巨大的水罐的身体里溢出……她在无生息的土地上生长着,分裂成数千个有生命的颗粒,它们充满了她的思维、她的力量、她的无意识……轻轻掠过无雾的澄澈,漫步,飞起……

窗外一只鸟在斜着飞过来!

它穿过纯净的空气,消失在一棵树的浓密里。

沉默在它身后跃动着细语。她已经看了多久?她没有感觉。

啊,所以她会死。

是的,她会死。就像鸟儿飞过一样简单。她把头轻轻地倾向一边,像一个温顺的疯女人;但这太容易了,太容易了……不是她聪明……而是死亡终会到来……已经过了多少秒?一秒或两秒。或者更久。寒冷。她意识到，由于一个奇迹，她现在已经意识到了这些想法，它们是如此深刻，早已在其他物质或简单之事下面暗自流涌……当她生活在梦中时，她已经观察了她周围的事物，她紧张地用思想去使用它们，就像一个人在凝视风景时，将手蜷缩在窗帘上。她闭上了眼睛，甜美、安详而又疲惫，包裹在长长的灰色面纱里。有那么一瞬间，她仍然感觉到不理解的潜流在她身体内部汹涌澎湃，就像血液流动一样。永恒是不存在的，死亡才是不朽——想法仍然飘浮，如风景的残余一般松散。她不知道怎么把这些想法和别的联系起来，她太累了。

现在，不朽的确定性已经永远消失了。她生命中有那么一两次——也许是一个午后，在爱的一瞬间，在死去的那一刻——她将拥有崇高的创造性的无意识，那是敏锐而盲目的直觉，真正的不朽，永生永世。

旅 行

　　无法解释。她慢慢地远离那个一切都有固定形状和边缘的区域，那里一切都有一个固化而不变的名字。她正深陷于一片液态地区，安静而深不可测，那里飘浮着黎明时分的模糊而清新的雾霭。黎明在田野里升腾而起。半夜她在叔父的农场里醒来。老房子的地板吱吱作响。从一楼，在黑暗的空间里，她松弛下来，将目光沉入地下，寻找像毒蛇一样扭曲盘绕的植物。夜晚中，有样东西眨了眨眼睛，在窥视，在窥视，是一只躺着的狗的眼睛，它在护卫。沉默在她的血液里跳动，她也一起悸动着。然后粉红色的湿润黎明在田野里升起。植物再次变得青翠而纯真，它们的茎颤颤巍巍，对风的气息很敏感，是从死亡里出生。再没有狗守着农场，现在万物归一，轻飘飘的，没有意识。在安静的田野里有一匹自由自在的马，只能猜测它的腿部动作。一切都是不精确的，但突然之间，她发现了一种只有她能猜到但又无法完全拥有的明晰。她不安地想：一切，一切。

词语是在河里滚动的鹅卵石。她那时感觉到的不是幸福，她感觉到的是流动的、甜美无形的、灿烂的瞬间，阴沉的瞬间。那种阴沉就像立在高速公路上的房子，上面覆盖着枝繁叶茂的树木和路上的尘土。里面住着一个赤脚的老人和两个儿子，高大而英俊的繁衍者。小儿子的眼睛好看，特别好看，他曾吻过她一次，那是她曾经感受过的最美好的吻，当她把手伸向他，从他的眼睛深处会浮现出一样东西。这只手现在搁在椅子背上，像一个单独的小身体，满足了，不在意了。小时候，她常常用手跳舞，仿佛一个温柔的少女。她甚至为那个跑掉了或是被抓起来了的男人跳舞，为她的情人——而他，又着迷又痛苦，最终搂抱它，亲吻它，好像那只孤独的手是一个女人。啊，她经历了太多，农场，男人，等待。整个夏天夜夜无眠，她因此而变得脸色苍白、眼眶发黑。一个失眠里套着无数个失眠。她闻到了香气。一种潮湿的绿色草木的香气，灯火照亮的植物，在哪儿？她踩在花坛潮湿的土地上，而警卫没有注意。灯悬挂在电线上，摇摇摆摆，像这样，无动于衷地沉思，台子上在演奏音乐，穿着制服的汗涔涔的黑人男子。树木亮了起来，如妓女般矫揉造作的寒冷空气。但最重要的是，有一些无法言说的东西：在窗帘后面有眼睛和嘴巴在窥视，狗眼睛时不时眨一下，一条在沉默中不知不觉流淌着的河。还有：植物从种子中出生，

207

然后死亡。还有：某个遥远的地方，一只麻雀站在树枝上，一个人在睡觉。一切都消散了，那一瞬间，农场也存在，在那一瞬间，时钟的指针向前移动，困惑的感觉看到时钟超越了自己。

在内心深处她感到过去的时间又一次堆积。这种感觉像她对曾住过的房子的记忆一样飘浮。不是房子本身，而是房子在她心里的位置，相对于敲打着打字机的父亲，相对于邻居家的院子和傍晚的太阳。模糊，遥远，无声。一瞬间……就这样结束了。她无法知道那段时间之后是否会有延续与更新，或者什么都没有，像一个障碍。没有人阻止她做与她要做的事完全相反的事：没有人，没有……她不必坚持自己的起点……她会痛苦？还是开心？然而，她觉得，这种奇怪的自由一直是她的诅咒，她甚至从来没有与自己相通，这种自由照亮了她的材质。而且她知道那是她的生命和她的荣耀时刻的来源，未来每一瞬间的创造的来源。

约安娜觉得，她像是在炙热干燥的岩石中幸存下来的依然潮湿的胚芽。在那个已经陈旧的下午——一个生命之环闭合，使命完成——那个下午她收到了男人的字条，选择了一条新的道路。不要逃跑，而是走。用她父亲留下的钱，这份遗产直到现在都未被动用，走啊，走啊，变得卑微，承受痛苦，摇摇欲坠，没有期待。尤其是要没有期待。

她喜欢她的选择，平静此刻抚平她的面庞，让已死的过往时刻回到她的意识。做一个没有骄傲或羞耻的人，每一刻都可以信任陌生人。这样，在死亡之前，通过赤裸，她会与童年相通，终究要放低自己。不然，该如何足够压倒自己？又如何向世界和死亡敞开自己？

船轻轻漂浮在海面上，就像漂浮在温柔张开的手掌上一样。她靠在甲板的杆上，感觉到柔情缓慢升起，将她包裹在悲伤里。

甲板上，乘客来回踱步，不耐烦地等着开饭，因为时间流逝而焦躁。有人用备受伤害的声音说：看，下雨了！灰色的雾真的在逼近，人们闭上了眼睛。很快，他们看到甲板上落满了硕大的雨滴，发出针落在水面上的声音，不知不觉地刺穿了它的表面。风冷了，大衣领子被竖起，目光突然焦躁不安起来，从忧伤中逃离，一如奥塔维奥，害怕痛苦。自深深处……

自深深处？有些事她想说出口……自深深处……聆听她自己！抓住稍纵即逝的机会，在深渊的边缘轻盈地起舞。自深深处。关闭意识的大门。起初，感知到腐败的水，愚蠢的词语，但随后，在混乱中，纯净的涓涓细流在粗糙的墙壁上颤抖。自深深处。小心翼翼地靠近，让第一波浪潮流淌。自深深处……她闭上眼睛，但只看到半明半暗。她陷入了更深的思考，看到一个镶着一圈亮红色的单薄静止的身影，仿佛用手蘸血在纸上画出,她抓伤了自己,她父亲去找碘酊了。在瞳孔的黑暗中,思想以几何形式排列,像蜂巢一样叠加,一些空洞的外壳,没有形状,没有空间可供反思。松软的灰色的外形,就像大脑。但她并没有真正看到它,她试图想象它也许是什么样。自深深处。我看到了我曾有过的梦想:楼梯后废弃的昏暗的舞台。但是当我用词语思考"昏暗的舞台"的这一刻,梦已被耗尽,徒留空洞的外壳。情感枯萎了,只是精神意义上的。直到"黑暗的舞台"这个词在我心中、在我的黑暗中、在我的香水中活得足够久,直到它变成一个朦胧的幻影,破破烂烂,无法捕捉,但它在楼梯背后。这样,我会重新拥有一个真理,我的梦想。自深深处。为什么想说的说不出口?我准备好了。闭上眼睛。当野兽摇晃着向太阳前进时,我的眼前充满了变成玫瑰的花朵,因为视觉比词语要快得多,我选择了地面的诞生,为了……并没有方向。自深深处,之后纯净的涓涓细流将会来临。我看到雪在颤抖,里面是粉红的云朵,迎着阳光,映着覆满苍蝇的内脏之蓝,灰色的印象,云层后面绿色的、半透明的、冰冷的光。闭上眼睛,感受着灵感像白色瀑布般滚滚而来。自深深处。我的上帝,我等你,上帝啊,来到我身边,上帝啊,在我胸前绽放,我什么都不是,不幸落在我的头上,我只知道使用词语,词语爱撒谎,我继续受苦,最后涓涓细流汇在黑暗的墙壁上,上帝啊，来到我身边，我不快乐，我的生命像无星的夜晚一样黑暗，上帝啊，为什么你不降临在我身上？你为什么让我和你分开？上帝啊，来到我身边，我什么都不是，我甚至不如尘埃，我每日每夜都在等你，帮帮我，我只有一个生命，这生命从我的手指流走，平静地走向死亡，我什么也做不了，只是看着自己一分一秒地枯竭，在世界上我独自一人，爱我的人不认识我，了解我的人害怕我，我弱小、贫穷，我不会知道几年后我是否还会存在，留给我用来生活的东西很少很少，而留给我用来活的东西将原封不动，一无用处，为什么你不怜惜我？我什么都不是，给我我需要的东西，上帝，给我我需要的东西，我不知道那是什么，我的荒凉就像枯井那般深，我不骗人，也不骗自己，在我不幸时，请来到我身边，不幸是今天，不幸是永远，我亲吻你的脚和脚上的尘土，我想在眼泪中溶解，我从深深处呼唤你，帮帮我，我没有罪，我从深深处呼唤你，你没有回答，我的绝望干涸了，就像沙漠，我的困惑使我窒息，在羞辱我，上帝啊，这种活着的骄傲令我窒息，我什么都不是，我从深深处呼唤你，我从深深处呼唤你，我从深深处呼唤你，我从深深处呼唤你……

现在她的思绪已经凝固，她像大病初愈的人一般呼吸。她内心中依然有一样东西在流淌，但她非常疲惫，在一个只露出眼睛的面具里，她的脸平静下来。这是自深深处的最终的投降。结束了……

但从深深处，作为一个回答，是的，作为一个回答，一簇火焰，被依然进入她身内的空气复活，澄澈而纯净地燃烧……从阴沉的深深处，无情的冲动燃起烈火，生命再次冉冉升起，无形、大胆、悲惨。一声干涩的呜咽，她好像受到了震动，快乐在她的胸膛里剧烈地涌动，难以忍受，啊！旋风。最重要的是，在她存在的深处，那个持续的运动越来越清晰——现在它在成长，在振动。一样活生生的事物在运动，试图冲出水面去呼吸。也想要飞翔，是的，想要飞翔……走在沙滩上，风吹着脸，头发飘动，荣耀洒满山峦……冉冉升起，冉冉升起，她的身体向空中展开，屈服于血液的盲目悸动，晶莹剔透、叮叮当当的音符，在她的灵魂中闪闪发光……她自己的神秘并没有祛魅，天哪，上帝。上帝，来到我身边，不是为了拯救我，拯救终会降临于我，而是用你的沉重的手，用惩罚和死亡来扼杀我，因为我无能而又胆小，不敢给我自己小小的打击，这将把我的身体全部变成这个渴望呼吸的中心，它会升起，升起……与潮汐和创世记有着同样的冲动，创世记！轻轻触碰一个疯狂的人，只会任疯狂的思想诞生，发光的伤口在增大，在飘浮，在支配。啊！她的想法是多么的和谐！她的想法的命中注定是多么壮美、多么碾压一切！我只爱你，上帝，希望你收留我，就像收留一只狗，当一切又只剩坚固与完整，当从水中冒出头颅只成为一种回忆，当我内心只有知识，凭借它、通过它去获得与给予，啊！上帝。

在她身上升起的不是勇气，她只是物质，不如人，她怎么可能成为英雄，去击败一切呢？她不是一个女人，她存在，她内心的一切都是运动，总是在过渡中抬升她。也许在某一刻，她用她那狂野的力量改变了她周围的空气而无人察觉，也许她用呼吸发明了新的物质而不自知，她只感受到她那小女人的头脑永远无法理解的东西。温暖的思绪成群结队，在她受惊的身体里萌生、蔓延，重要的是，它们隐藏着一种生的冲动，重要的是，在它们出生的那一刻，有一种盲目而真实的物质创造了自己，冉冉上升，像气泡一样在水面上隐现，几乎要突破它……她注意到她还没有睡着，她还以为自己会在明火上爆裂。童年的漫长酝酿将会结束，从痛苦的不完美中，她的自我终将爆发，终于自由了！不，不，不要上帝，我想独自一人。有一天，它会来，是的，有一天，那种鲜红的笃定的却清晰温柔的力量会注入我的身体，有一天，我会盲目、笃定、无意识地去做，我踩在自己之上，踩在真理之中，我会全然投入于做，因为我无法说，最重要的是，有一天，我的一切运动将成为创造，成为出生，我会打碎我体内所有的"不"，我会向自己证明没有什么可怕的，我之所是将永远存在于一个地方，那里有一个女人与我的初始，有一天，我会在我心中建起我之所是，只消一个姿势，我体内的波涛会汹涌澎湃，纯净的水淹没怀疑和意识，我会像动物的灵魂一样坚强，我说话的时候，词语将是缓慢的、不经思考的，并不是轻盈的感觉，并不携带人类的意志，并不是用过去腐蚀未来！我说出的话是命中注定、完完整整！我心中将没有空间，让我注意到时间、人、三维，我心中将没有空间，让我注意到我会时时刻刻地创造，时时刻刻：永远共融，因为那时我将活着，只有那时，我才能活得比我的童年更强大，我将像岩石一样残酷与丑陋，我会像我感觉到却不能理解一切那样轻盈而模糊，我会在波涛中超越自己，啊！上帝！让一切都降临在我身上吧！甚至是空白时刻里对自己的不理解，因为我实现自己就够了，没有什么能阻挡我的道路，直到无畏的死亡——挣扎也好，停歇也罢，我将永远站起，强壮而美丽，宛如一匹新生的马。

里约热内卢
1942 年 3 月
1942 年 11 月